KB181147

韓國의 漢詩 21

四佳 徐居正 詩選

韓國의 漢詩 21

四佳 徐居正 詩選

허경진 옮김

머리말

우리나라에서 가장 많이 시를 지은 시인 가운데 한 사람이
바로 서거정이다. 서거정은 평생 이십이 년 동안이나 대제학을
지내면서 당대의 문단을 이끌었던 대시인이며, 살아생전에
문집이 간행될 정도로 부귀영화와 명예를 아울러 누렸던
행복한 문인이기도 하였다. 그러한 그의 문집이 지금 온전한
모습으로 전하지 않는다는 사실을 믿을 수가 없다.
성종 19년(1488) 가을에 그의 문집 『사가집』이 갑진
주자본으로 처음 간행되었는데, 임원준은 그 머리말에서 이
책에 실린 작품 분량이 "시집이 오십여 권에 만여 수이고,
문집이 이십여 권에 수백 편"이라고 밝혔다. 그러나 이 책은
현재 한 책밖에 전하지 않고 있다.
그의 시문집은 숙종 31년(1705)에 다시 시집 52권과
시집보유 3권, 문집 6권, 문집보유 2권으로 간행되었는데, 그
당시에 벌써 그의 문집 초간본이 제대로 전해지지 않아서
그의 작품들을 다 모을 수가 없었다고 한다. 그의 작품
가운데 대표작들이 『동문선』에 실려 있는데, 『동문선』에
실려 있는 그 시들마저 시문집에 제대로 전해지지 않아서
『동문선』에 다시 인용해다가 『시집보유』에 추가하였을
정도이다. 그나마 이 목판 중간본마저 온전히 전해지지
않아서, 그의 작품세계를 제대로 들여다볼 수가 없다.
그의 시집 52권 가운데 27권이나 전해지지 않으니,
반마나 찾아볼 수가 없는 셈이다.
이번에 엮은 『사가 서거정 시선』은 이렇게 흩어지고 없어지다
남은 육천여 수 가운데 아주 적은 부분을 골라서 뽑은

것이다. 지금에 와서 그의 시를 뽑은 기준은
물론 당대의 기준과 다르다.
당대에 그를 평가한 기준이 여러 가지였지만,
그 가운데 대표적인 평가는 그가 여러 임금을 모시면서
오랫동안 대제학을 역임했다는 것이다. 대제학은 당대의
문단을 주도하는 자리였던 만큼, 자타가 공인하는 최고의
문장가가 그 자리를 맡았었다. 그러나 문장의 솜씨만 가지고
대제학이 되는 것이 아니라, 정치력과 관운을 아울러
지녀야만 했다. 특히 조카인 단종을 내어 쫓고 숙부
수양대군이 임금이 되었던 왕위찬탈의 과정을 겪으면서 많은
문인들이 수절이냐 변절이냐의 갈림길에서 어느 한쪽을
선택할 때에 그는 집현전의 옛 친구들과 갈라져서
소극적이나마 수양대군의 편에 섰었다. 언제나 임금의 곁에
있다 보니 임금의 명에 따라 수시로 지어야 했던
응제시(應製詩)에 빠른 솜씨를 지니게 되었으며, 자연히
관인문학(官人文學)의 대표적인 존재가 되었다. 그의 곁에는
언제나 많은 문인들이 모여들었기에 그의 시집에는 그들과
주고받은 수창시(酬唱詩)들도 많게 되었다.
그는 아주 짧은 시절을 제외하고는 언제나 벼슬자리에
있었다. 그러다보니 자연히 한가로움을 동경하는
투한시(偸閑詩)도 많이 짓게 되었다. 벼슬이나 부귀영화를
동경하는 시가 아니라 한가로운 즐거움을 동경하는 시를 많이
지었다는 것도 그의 시가 지니는 아름다움 가운데 하나이다.
그의 시를 흔히 화려하고 넉넉한 시라고 말하는데, 화려하고

넉넉함이 한가로움과 어울려진 경지가 바로 그의 시세계이다.
그러나 끝내 벼슬에 얽매여 한가로움과 전원으로 돌아가지
못한 것이 그의 시가 지니는 한계라고도 말할 수 있다.
그는 당대의 사림(士林)에게는 호평을 받지 못한
관료학자였으며, 객관적으로 인정받고 있던 김종직에게
대제학 자리를 물려주지 않고 홍귀달에게 넘겨주었다고 해서
말썽도 있었다. 더구나 그가 노래한 세계는 당대의 체제
내적인 사회였을 뿐이라는 지적도 합당하다. 그럼에도
불구하고 그의 시를 한 권으로 엮어 소개하는 이유는 그가
조선 초기 지배층의 여러 모습을 있는 그대로 보여준
시인이었기 때문이다. 같은 시대를 살았던 그의 글벗
매월당 김시습과는 분명히 다른 모습을 그는 우리에게
보여주기 때문이다.
이 시선의 제1부는 중간본『사가시집』에 실린
시들에서 가려 뽑았고, 초간본에서도 보충하였다. 제2부는
『동문선』에 실린 시들을『시집보유』에서 차례로 가려
뽑았는데, 글자가 서로 다른 경우에는 대체로『동문선』의
원문을 참조하였다. 제3부는 여러 시화들에 실려 전하는 시들
가운데 두어 편을 가려 뽑았다. 그의 시선이 오늘의
독자들에게 도움이 된다면 다행이겠다.

- 1994. 06. 20 허경진

나는 일찍부터 잠상인(岑上人)을 알았었는데, 서로 만나지 못한 지가 이십여 년이나 되었다. 하루는 그가 나를 만나러 왔다가 이렇게 말했다. "제가 계림(鷄林) 남산에 터를 잡고 정사(精舍) 몇 간을 지었습니다. 좌우에 책을 쌓아 놓고, 그 사이에서 노닐며 시를 읊는데, 산속 사철의 즐거움을 이루 다 말할 수가 없습니다. 제가 장차 이곳에서 늙고, 이곳에서 죽으려 합니다. 요즘 사방 천리로 놀러 다니다가 서울에까지 이르렀는데, 곧 돌아가려고 합니다. 선생께서 한 마디를 지어 주시어

제 1 부

목판본 시집에 실린 시들

四佳
徐居正

일본의 은스님을 위하여 가을 산 그림에다
秋山圖爲日本闍上人作

가을바람이 솔솔 불고 강물은 일렁이는데
앞산 뒷산에 서리 물든 나뭇잎이 많아라.
숲을 뚫어가며 돌사다리가 굽이굽이 감돌고
이따금 그 사이로 높은 누각이 솟았네.
들판에는 바람 깃발이 열 길이나 높았고
맑은 물굽이에는 작은 다리가 그림자를 드리웠네.
외로운 나그네는 저는 나귀를 타고 어디로 가나
채찍 들어 시 읊으며 느릿느릿 나아가네.
건너편 포구에는 차가운 조수가 밀려들어
어부가 마음대로 조각배를 옮겨 가네.
긴 하늘은 아득해서 연기만 자욱한데
물가에 해가 지자 난초가 더욱 향그러워라.
이 그림을 그린 사람은 반드시 호사가(好事家)였겠지
고황(膏肓) 속에다 구학(丘壑)을 간직한 모습이 그려지네.
이 그림을 펼쳐보면서 내 심신이 황홀해져
멀리 강동에 놀고 싶은 흥이 일어나네.
지금쯤 강동의 순나물과 농어가[1] 맛이 있겠지.
하늘 끝에 바람 받은 돛대만 바라보네.

秋風嫋嫋江水波. 前山後山霜葉多.
穿林石棧相紆縈, 時見樓閣跨崢嶸.
野外風帘高百竿, 小橋倒影臨淸灣.
蹇驢孤客何所之, 吟鞭指點行較遲.
別浦寒潮漲半蒿, 漁郎隨意移輕舠.
長天渺渺煙茫茫, 重洲落日蘭芷香.
當時畫史好事者, 想見丘壑藏膏肓.
披圖忽此心神融, 起我遠興遊江東.
江東蓴鱸政無恙, 目斷天涯半帆風.

■

1. 장한(張瀚)은 진(晉)나라 오군(吳郡) 사람인데, 문장을 잘 지어 강동보병
(江東步兵)이라 불렸다. 제왕(齊王)을 섬겨 동조연(東曹椽) 벼슬을 했는데, 가
을바람이 불자 고향의 순나물 국과 농어회가 먹고 싶어서, 곧 벼슬을 버
리고 고향으로 돌아갔다.

몽유도원도를 보고서 안평대군께
夢桃源圖爲貴公子作十首

1.

무릉땅[1]이 어디던가 이곳이 바로 도원일세
올라가 그 마을을 찾아볼 길이 없네.
밖에서 왕권의 분쟁이 몇 대나 이어졌건만
닭 기르고 누에 치며[2] 자손들이 살아왔네.
시냇물에 복사꽃이 어울렸으니 언제나 봄날인데다
벼랑에 구름이 깊어 길을 알 수 없어라.
그때부터 어부는 즐거운 일이 많았다지만
이 마을의 소식은 끝내 듣기 어려웠네.

■

＊1447년 4월 20일 밤에 안평대군이 꿈속에서 박팽년과 함께 도원(桃源)을 거닐었다. 이 꿈 이야기를 안견(安堅)더러 그리도록 하였으니, 비단에 그린 이 그림이 바로 <몽유도원도(夢遊桃源圖)>이다. 이 그림에 안평대군을 비롯한 정인지·김종서·박연·김수온·박팽년·성삼문·신숙주·이개·최항·서거정 등 21명이 제찬(題贊)을 썼다. 이 그림은 현재 일본 천리대학에 소장되어 있다.

1. 진(晉)나라 때에 무릉에 사는 한 어부가 시냇물에 복사꽃이 흘러오는 것을 보고 상류로 거슬러 올라가다가 바깥 세계와 떨어져 사는 마을을 발견하였다. 복사꽃이 만발한 이 마을 사람들은 진시황의 폭정을 피해서 숨어 들어왔다는데, 그 뒤로 세월이 얼마나 흐르고 왕조가 어떻게 바뀌었는지 아무도 몰랐다. 평화로운 마을에서 대접을 받고 돌아온 어부가 군수에게 보고한 뒤에 다시 그 마을을 찾아가려 하였지만 길을 알 수가 없었다고 한다. 이 이야기를 도연명이 듣고 <도화원기(桃花源記)>를 지은 이래 많은 문인들의 작품 소재가 되었다.

17

武陵何處是桃源. 無術躋攀款洞門.
蛇馬分爭幾年代, 鷄蠶生長已兒孫.
一川花合春長在, 四壁雲深路不分.
自是漁郎多好事, 此中消息了難聞.

3.
우연히 세상을 피해온 곳이 바로 신선세계라.
오솔길 슬며시 접어드니 조그만 세상이 있구나.
바위를 뚫고 얽은 것이 어느 시대 집인지
꽃을 따고 열매 먹으니 햇수를 아지 못하겠네.
복희씨 시대 세월은 따뜻한 봄날 같았건만
한나라와 진나라 천지는 언제나 전쟁판이었네.
예부터 산신령께서 감추고 내보이지 않으셨으니
오직 맑은 꿈을 통해서만 세상에 전해졌다네.

偶然逃世是神仙. 細逕潛通小有天.
鑿石架巖何代室, 採花食實不知年.
羲皇日月三春裏, 漢晋乾坤百戰邊.
千古地靈藏不洩, 要憑淸夢世間傳.

■
2. <도화원기>에 소개된 무릉도원의 사람들이 뽕나무를 길렀으며, 그 어
부에게 닭을 잡아 대접하였다.

8.
한 폭 그림을 높직이 걸어놓고 보니
뜻이나 솜씨가 붓 끝에 섬세히 들었구나.
기(記)를 지은 건 도연명의 <도화원기>에 떨어지지만
시를 지은 건 한퇴지의 호방함을 빌었다네.
그림을 펼치자 새로운 시상이 저절로 일어나니
붓 솜씨들이 어찌 저렇게 성난 파도를 거머쥐었나.
그 맑은 놀이 길에 지팡이 짚고 따랐더라면
이 몸도 응당 신선의 무리에 끼었으련만.

垂垂一簇畵堂高.　　意匠經營細入毫.
作記遠過彭澤妙,　　題詩須倩退之豪.
披圖不覺生新想,　　入筆何曾捲怒濤.
若使淸游陪杖屨,　　也應身世屬仙曹.

박팽년이 보내준 시에 차운하여

次韻朴仁叟學士早春見寄三首

1.
항아리에 막걸리 괴어 향내가 이는데
새벽 추위가 겁나서 아직도 문을 닫았네.
새 시를 지어 화답하려고 언 붓을 녹였지만
대숲에는 덜 녹은 눈이 반이나 남았네.

瓦盆濁酒釀氤氳.　曉怯餘寒尙閉門.
欲和新詩呵凍筆,　竹林殘雪半猶存.

■

* 원 제목에 나오는 인수(仁叟)는 사육신 가운데 한 사람인 박팽년(朴彭年,
1417~1456)의 자이다.

안견이 그린 겨울 모습의 산수도에다
題安堅山水圖冬景

강 구름이 어두워지며 눈발을 빚어내니
옥룡이 밤에 얼어 비늘 갑옷이 찢어지네.
앞산 뒷산에는 흰 빛이 눈부시고
맑은 물가에는 모래까지도 희어 강물을 마실 만해라.
멀리 바라보니 늙은 나무는 구름처럼 검은데
솔바람이 성내며 물결 소리를 내네.
누구네 집에서 창을 열고 장막 안에서
화로를 끼고 앉아 따뜻한 술잔을 드나.
고깃배 사공은 어디로 가려는지
노를 저어서 포구로 돌아오네.
늙은 스님이 지팡이 짚고 발 가는 대로 가니
어디쯤 절이 있는지 알 수가 없네.
언젠가 매화를 찾아 나귀를 거꾸로 타고 갔을 때
강 위에 눈이 내릴 듯 했었지.
그때엔 나도 또한 그림 속의 사람이었건만
그림 속에는 나도 모르게 또 시가 있구나.
이제 그림을 펴서 손으로 만져보니
옥루에는 소름 나고 은해에는 꽃이 피었네.
늙어가면서 섬계에[1] 갈 흥취도 없어져
돌솥에다 애오라지 도공의 차나 달이네.[2]

江雲黲黲釀作雪. 玉龍夜凍鱗甲裂.
前山後山白皚皚, 渚淸沙白江可啜.
遙看老樹黑如雲. 松風怒作洪濤喧.
誰家簾幙開晴窓, 火爐擁坐杯氤氳.
漁舟之子向何許. 短棹歸來八浦潊.
老僧信脚携短筇, 寺在虛無不知處.
憶昔探梅驢倒騎, 江天欲雪未雪時.
當時我亦畫中人, 畫中不覺又有詩.
我今披圖手摩挲. 玉樓亦粟銀海花.
老來無興到剡溪, 石鼎聊試陶公茶.

■
1. 왕희지가 눈 오는 달밤에 흥겨워 대안도를 찾아보려고, 섬계까지 배를
저어 갔었다. 그러나 대안도의 집 앞에 이르자 흥이 다하였으므로, 벗을
만나보지도 않고 돌아왔다.
2. 도곡(陶穀)이 눈 오는 날에는 눈 녹은 물에다 차를 달여 마셨다.

청춘의 슬픈 노래
青春詞

깊은 규방의 처녀 아이는 세상일을 아지 못하고
일생 동안 오직 청춘의 슬픔만 안다네.
몸이 수척해져 치마저고리가 차츰 헐거워지고
쪽진 비녀가 잘 빠져 눈썹마저 찌푸려졌네.
바늘에 실을 꿰어 수를 놓다 치워두고는
맑은 창가를 향해 서서 하품을 한 번 하네.
수놓기를 다 마친 글자들은 누구에게 부칠 편지였는지
해마다 혼자서만 고운님을 생각한다네.

深閨兒女不解事,　一生只解悲靑春.
衣裳漸寬十分瘦,　薄鬂易脫雙娥鬟.
穿針刺繡還復置,　立向晴窓一欠伸.
裁成錦字憑誰寄,　年年空自思美人.

삼국사기를 읽고서
讀三國史

세 나라가 날마다 서로 쳐들어가
수많은 백성들이 죽을 지경에 빠졌었네.
신라나 백제가 어찌 알았으랴. 이와 입술의[1] 사이인 것을
수나라나 당나라는 어부지리를[2] 노렸네.
강산은 묵묵히 말할 줄을 모르지만
남은 책만 읽더라도 그 시절을 알 수 있네.
절반은 영웅이래도 절반은 역적이니
부질없이 뒷사람에게 눈물만 남겨 주네.

三韓攻戰日相侵.　百萬蒼生已陸沈.
羅濟豈知脣齒勢,　隋唐自有鷸蚌心.
江山默默不知語,　編簡歷歷猶可尋.
半是英雄半兇逆,　空令後人涕沾襟.

■
1. "입술이 없으면 이가 시리다"는 속담과 마찬가지로, 서로 의지하고 살
아야 하는 사이를 말한다.
2. 『전국책』에 나오는 말이다. 조개와 황새가 서로 물고 뜯으며 양보하지
않자, 지나가던 어부가 아무런 힘도 들이지 않고 두 마리를 다 잡아들였
다. 조(趙)나라가 연(燕)나라를 치려 하자, 소대(蘇代)가 조나라 혜왕(惠王)에
게 이 이야기를 들려주면서, 강한 진나라가 어부지리를 얻게 하지 말자
고 설득하였다.

날이 밝으면 길을 떠나려는데
明日將發悵然有懷

친척들이 집안에 가득 모였는데
길 떠날 나그네는 먼 여행길을 노래하네.
술이 서너 차례 돌아가자
저마다 헤어지는 시름을 이야기하네.
아내는 바람과 눈이 차갑다면서
솜옷을 정성껏 손질해 주고,
어머니는 갈 길이 멀다 걱정하시며
조심해서 길 가라고 주의 주시네.
인생은 공명을 중히 여기니
가고 머무는 것을 어찌 한가롭게 하랴.
긴 밤이 이제 얼마나 지났는지
나는 취해서 쉴 겨를도 없네.

親戚滿中堂,　遊子歌遠遊.
酒行三四巡,　各言別離愁.
婦稱風雪寒,　珍重理綿裘.
母憂道路長,　行邁戒愼修.
人生重功名,　行止何悠悠.
長夜今何其,　我醉無由休.

귀공자의 글씨첩에다
貴公子眞草帖

기이한 재주와 묘한 글씨는 고금에 드물어
난정에 사람 없고 자앙도 아닐세.
천년 대아(大雅)의 기상이 호방하니
그 높은 풍류가 일세에 뛰어났네.
아첨(牙籤) 만축의 은구(銀鉤) 같은 글씨들을
아침저녁 조용할 때에 구경하며 즐겼지.
때때로 벼루를 보며 홍치를 새로 일으키니
필의(筆意)가 이르는 곳마다 모두가 신묘해라.
맑은 창가 검은 책상 앞에다 용제향을 피우고서
아환을 펼치니 서리 빛이 눈에 가득해라.
옥두꺼비 연적에서 이슬을 벼루에 따라
이리저리 쓸어내니 구름 노을이 생기네.
형세가 호쾌해 풍운이 놀라서 휘몰아치는 듯
기운이 건장해 교룡이 문 듯 싸우는 듯해라.
변화하는 삼체가 모두 묘한 경지에 이르니
아름다운 나무와 가지들이 서로 찬란하게 비추네.
날마다 백 장씩 써도 생각이 더욱 장해지니
흩어져 집집마다 들어가면 병풍이 되네.
중원의 문장인 두 각로가
한번 보고는 왕희지 조맹부를 얻었다고 좋아했네.
소매 속에다 찬란하게 여의주를 넣고 갔으니

해외에도 기이한 보물이 있음을 또한 알았겠지.
북경으로 가져가서 비싼 값을 불렀으니
귀공자의 명성이 온 천하에 가득케 되었네.
그대는 보지 못했는가.
옛날 당태종이 왕희지의 글씨를 얻어서
무지갯빛이 밤마다 비각(秘閣)을 환하게 했던 것을.
그대는 또 보지 못했는가.
대명 천자가 묘한 글씨를 좋아하여
비석에다 새겨서 썩지 않도록 전하게 했던 것을.
중간의 서예가들이야 어찌 문제가 되랴.
안진경 유공권쯤이야 이미 종으로 부른다네.
아아, 나는 감식안을 지니지 못했건만
어찌 이다지 가슴을 치며 피를 쏟듯 하는가.
내가 여지껏 좋아하던 글씨가 바로 여기에 있으니
바라건대 한 본을 얻어서 금리에게 견주어 보리라.

奇才妙翰今古稀,　蘭亭無人子昂非.
千年大雅氣像豪,　風流冠映一代高.
牙籤萬軸銀鉤字,　淸讌日夕供翫戲.
有時臨池發興新,　筆意所到皆精神.
晴窓烏几龍臍香,　鵝紈滿眼霜雪光.

玉蜍點滴清露研，　縱橫掃盡生雲烟.
勢快新驚風雲驟，　氣健忽作蛟龍闘.
變化三體各臻妙，　玉樹瓊柯相照耀.
日窮百紙思愈壯，　散入家家作屏幛.
中原文章二閣老，　一見喜得王與趙.
粲粲袖有驪珠好，　亦知海外有奇寶.
持向京華索高價，　從使聲名滿天下.
君不見昔時唐宗購晉跡，　虹光夜夜燭秘閣.
又不見大明天子喜妙手，　刻取堅垠傳不朽.
中間作者安足計，　已喚顏柳作奴隸.
嗟我不是具眼者，　胡乃槌胸血如瀉.
從來嗜好亦在此，　願得一本比禽李.

우연히 읊다
偶吟

깊은 뜨락에 바람은 부드럽고 버들 그림자 많은데,
차가운 연못에 비가 많이 내려 부들 싹이 자라네.
한가한 시름은 바로 봄과 더불어 짝하기에,
혼자 앉아서 말도 없이 떨어지는 꽃잎을 세어보네.

深院風恬柳影多.　寒塘雨足長蒲芽.
閑愁正與春相伴,　獨坐無言數落花.

장어사 동네에서 성삼문을 보내며
藏魚寺洞送成謹甫日暮悠然而作

장어사에[1] 스님을 만나러 갔다가
차일암[2] 곁에서 그대를 배웅하네.
저문 날 봄바람이 소매에 가득 불어
조그만 다리에 말을 세우고 생각에 잠겼네.

藏魚寺裏尋僧到, 遮日巖邊送客歸.
日暮東風吹滿袖, 小橋立馬思依依.

■
* 원 제목에 나오는 근보(謹甫)는 사육신 가운데 한 사람인 성삼문
(1418~1456)의 자이다. 서거정과 성삼문은 집현전에서 함께 글을 읽던 친
구였는데, 사육신의 단종복위사건 때에 길이 달라졌다. 이 시는 그보다
조금 전에 지어졌다.
1. 장어사의 원래 이름은 장의사(藏義寺)인데, 서울 종로구 신영동 201번
지에 있던 절이다. 신라의 화랑인 장춘랑과 파랑이 백제와 싸우다가 전
사하자, 무열왕이 이 절을 짓고 장의사라고 하였다. 조선시대에는 "장의
사에 스님을 찾아가기[藏義尋僧]"를 「한양십경」 가운데 하나로 칠 만큼 풍
류가 있었다. 세종 때에 집현전 학자 가운데 유망한 사람을 뽑아 이 절에
서 글을 읽게 하였다. 지금 세검정초등학교 운동장에 돌로 된 당간지주
가 남아 있어 보물 제235호로 지정되었다. 이 일대를 예전에 장의동이라
불렀다.
2. 장의사 아래쪽에 있는 바위인데, 시냇가에 걸쳐 있다. 그 위에 차일을
쳤던 흔적이 남아 있다.

봄날의 시름
春愁

봄날의 시름은 주렁주렁 뿌리와 줄기가 달려 있어서
해마다 연연히 끊임없이 생겨나네.
크기는 우주에 가득하고도 가늘기는 털 같아서
푸른 봄날 어느 하룬들 시름없는 날이 있으랴.
노래하고 춤추는 누각에는 들어갈 길이 없는지
가난한 골목에 와서 묻혀 사는 사람만 찾는구나.
묻혀 사는 이 몸이 피하고 싶어도 피할 곳이 없으니
시름만은 신의가 있다마는 신의가 있는 것도 탈이구나.
예로부터 하늘과 땅 사이에 만약 시름이 없다면
흰 머리털이 내 머리를 놀리지는 않겠지.
바라건대 저 봄 강물을 봄 술로 변하게 해서
높고도 높은 만고의 시름을 다 씻어내 버리고파라.
시름이 있으면 시름겨운 대로 취하면 취하는 대로
시름 속에 살거나, 취해 죽거나, 그대여 한 가지를 고르소.

春愁綿綿有根蔓，　年年歲歲生不斷.
大盈六合細入髮，　無有青春不愁日.
歌臺舞閣入無因，　却來窮巷尋幽人.
幽人欲避避無地，　愁獨有信信亦崇.
古來天地若無愁，　白髮亦不欺吾頭.
我願春江變作春酒淸，　洗盡崢嶸萬古之愁城.
愁自有愁醉自醉，　愁生醉死君擇二.

평생토록 내 집을 사랑하여
次韻日休見寄三首

1.

평생토록 내 집을 사랑하는 버릇이 있어
샛문 닫고 향 사르고 깨끗하게 쓸어내었네.
도연명은 다만 항아리에 술 있는 것만 알았고
풍랑은[1] 문을 나가 수레 없는 것을 한탄하였네.
앓고 난 뒤의 내 신세가 모두 꿈이 되었으니
늙어가면서 문장으로 책을 지으려 하네.
이름과 이익은 결국 스스로 괴로울 뿐이니
모름지기 돌아가서 녹문에[2] 살 길이나 물어보리라.

平生性癖愛吾廬.　　閉閤焚香淨掃除.
陶令但知樽有酒,　　馮郎空嘆出無車.
病餘身世渾成夢,　　老去文章欲著書.
名利到頭徒自苦,　　會須歸問鹿門居.

1. 제나라 맹상군에게 삼천 식객(食客)이 있었다. 풍환(馮驩)이라는 식객이
저녁에 칼을 두드리며 "문밖을 나가는데 수레가 없구나"하고 노래하였다.
그래서 맹상군이 수레를 주었다. 그 뒤에 맹상군이 승상 벼슬에서 면직
되었을 때에 풍환이 힘을 써 복직시켜 주었다.
2. 한나라 말년에 방덕공(龐德公)이란 사람이 녹문에 숨어 살았다. 그더러
아무리 벼슬하라고 권하여도 나오지 않아서, 참으로 은사(隱士)라고 하였
다.

이웃의 벗들에게
贈吳隣兄黃同年兩丈

2.
가난해서 술을 구하기 힘들지만 술을 좋아했지.
병들어 시를 짓지 못하면서도 여전히 시를 사랑했네.
차가운 얼굴과 미친 말을 누가 다시 기억하랴.
인정도 세태도 나는 모른다네.

貧難得酒然耽酒.　病不能詩尚愛詩.
冷面狂言誰復記,　人情世態我無知.

4.
덧없는 인생 마흔 살에 이미 그릇되었음을 알고 나니
온갖 세상 좋은 일도 내 마음과 어긋나네.
한가위 보름달이 은근하게 떠올랐으니
이웃집이나 찾아가서 취토록 마시고 돌아올까나.

浮生四十已知非,　美景良辰樂事違.
殷勤爲有中秋月,　好向西隣盡醉歸.

없는 것을 왜 꼭 있다고 하나
辛巳正月二十日夢得一聯云平生意有在百計隨所之
仍演字作十首

4.
없는 것을 왜 꼭 있다고 하며
옳은 것을 왜 꼭 그르다고 하나.
인생 사는데 옳고 그름이 있건만
손바닥 뒤집는 데에 달려 있다네.

既無何必有,　既可何必否.
人生有是非,　在人翻覆手.

* 원제목이 길다. <신사년(1461년) 정월 이십일 꿈에 "평생의 뜻이 있으
면 온갖 계책이 따라서 나온다[平生意有在, 百計隨所之.]"라는 시 한 연을 지
었다. 그래서 이 글자들을 써서 시 열 수를 지었다.> 이 시는 그 가운데
네 번째 글자인 유(有)자를 운으로 삼아 지은 것이다.

빗소리를 들으려고
卽事二首

2.
물동이처럼 작은 연못이 얕고도 맑아라.
줄풀과 부들이 새로 자라고 갈대에는 싹이 나네.
아이를 불러다 통을 이으며 물을 끌어가니
파초를 길러서 빗소리를 들으려고 그런다오.

小沼如盆水淺淸,　菰蒲新長荻芽生.
呼兒爲引連筒去,　養得芭蕉聽雨聲.

운월헌에서
雲月軒

산 위의 구름은 희디흰데다
하늘 가운데 달은 밝디 밝아라.
구름이야 본래 무심한데다
달도 또한 제 스스로 빛이 있으니,
스님은 앉아서 마주 바라보며
기쁜 마음속에 얻음이 있다네.
구름은 퍼졌다가 말려지고
달도 둥글어졌다 이지러지네.
만물이 다 변화하건만
허공만은 홀로 그대로이니,
스님이여 부지런히 공부하여
가서 안심법을[1] 물어보시게

■
1. 선종(禪宗)의 혜가(慧可)가 달마(達磨)에게 처음 찾아가서 불안한 마음을
안정시킬 방법을 물었다.

白白山上雲，　皎皎天中月.
雲兮本無心，　月也自有色.
上人坐相對，　忻忻有所得.
雲能有舒卷，　月亦有圓缺.
萬物有變化，　大虛獨自若.
師乎勤著力，　往問安心法.

마흔다섯 살 생일을 맞아
甲申十二月初四日生辰

처음 경자년부터 세어서
봄과 가을이 마흔다섯 차례나 지났네.
부귀가 어찌 이리도 높은지
공명도 이미 넉넉히 지녔네.
어린아이가 없으니 책 읽기에 좋고
아내가 있으니 술 차리기에도 좋아라.
조금 취하여 흥이 오를 쯤 되면
온갖 시름을 잊을 수 있다네.

唯庚是初度,　四十五春秋.
富貴何須隴,　功名已足留.
兒無書可讀,　婦有酒相謀.
小醉酣乘興,　能消百病愁.

꿈에 이태백을 만나고
夢謫仙詞

채석강에서 적선(謫仙)이[1] 고래 타고 놀았는데
채석강의 밝은 달은 천년 그대로일세.
좋은 시를 이 세상에 오래 남겨 놓았건만
나는 그 사람을 보지 못해 내내 탄식했네.
지난 밤 꿈속에서 참모습을 뵈니
흰 얼굴 검은 수염에 눈매가 새로워라.
나를 불러 오라더니 글 한 편을 지어 주는데
노장도 부처도 성현의 글도 아니었네.
글자를 아지 못해 얼굴이 몹시 붉어지니
적선께서 지팡이를 두드리는데 그 소리 쩌렁쩌렁해라.
선 자리에서 한 수 지어 내게 화답하라 내놓는데
정신이 나가고 손이 떨려 끝내 짓지 못했네.
적선께선 빙그레 웃으며 넋 나간 모습을 가엾게 여겨
아름다운 글을 손수 초하여 상제의 문지기에게 주었네.
상제가 태백에게 정기를 나누어 주어
뱃속에 가득 든 것이 모두 문장이었네.
머리 조아려 절하며 적선께 사례하니
적선께선 말없이 나는 수레를 타고 가셨네.
가시는 모습을 서운하게 바라보며 새 시를 올리니
내 집에 아들 얻은 것처럼 기뻐라.
아아, 적선을 오래 만나지 못했으니

내 꿈이 황홀하면서도 번개처럼 갑작스러워라.
한번 가버린 적선께선 언제나 오시려는지
오직 고금에 길고 짧은 노래만 남았네.

采石儶人騎鯨游,　采石明月空千秋.
好詩長留天地間,　我不見人空長嘆.
我夢昨夜見天眞,　白皙鬚鬚眉目新.
字我使前授一篇,　非道非佛非聖賢.
我不識字顔甚楨,　仙人鼓杖鳴鏗磁.
口占一詩進余賡,　神叛手顫終不成.
仙人嗎然哀我昏,　手草瓊詞箋帝閽.
帝頷太白分精光,　磊落載腹皆文章.
我拜稽首謝仙人,　仙人不語駕飛輪.
悵望行塵獻新詩,　喜得吾家寧馨兒.
嗚呼仙人不長見,　我夢惚恍瞥如電.
仙人一去來何時,　唯有古今長短詞.

■

1. 당나라 시인 이백이 장안에 들어오자 하지장(賀知章)이 그의 글을 보고
"그대는 귀양 온 신선이다[子謫仙人也]"라고 하였다. 채석강에서 달을 구
경하다가 물에 빠져 죽었다는 전설이 있지만, 곽말약의 연구에 의하면
당도(當塗)에서 병으로 죽었다고 한다.

나는 일찍부터 잠상인(岑上人)을 알았었는데, 서로 만나지 못한 지가 이십여 년이나 되었다. 하루는 그가 나를 만나러 왔다가 이렇게 말했다. "제가 계림(鷄林) 남산에 터를 잡고 정사(精舍) 몇 간을 지었습니다. 좌우에 책을 쌓아 놓고, 그 사이에서 노닐며 시를 읊는데, 산속 사철의 즐거움을 이루 다 말할 수가 없습니다. 제가 장차 이곳에서 늙고, 이곳에서 죽으려 합니다. 요즘 사방 천리로 놀러 다니다가 서울에까지 이르렀는데, 곧 돌아가려고 합니다. 선생께서 한 마디를 지어 주시어 저의 정사를 빛내 주시면 다행이겠습니다." 나는 오랫동안 병들었던 뒤끝이라 붓을 놓고 시 읊기를 그만둔 지 여러 날이 되었기에 스님의 부탁을 거듭 어기다가, 붓을 달려서 근체시 여섯 수를 지어 행헌에 준다.

余早識岑上人有不得相見者二紀一日來謁余仍言曰岑卜地于鷄林南山開精舍數楹左右圖書逍遙吟咏於其間山中四時之樂有不可勝言者岑將老于此寂于此日者遊方千里來抵于京明當杖錫言旋幸先生賜一言侈吾精舍余久病之餘閣筆停吟者有日重違師命走書近體六首以贈行軒云

어느 해 금오산 기슭에 정사를 열어
만리 강산이 그대 자리로 들게 하였나.
산봉우리가 하늘에 닿아 바다로 이어졌으니
계림에 해 돋자 봉래 선경에 가까워라.

반월성 머리에 누른 잎이 떨어지고
첨성대 아래에 흰 구름이 쌓였네.
스님께선 온 세상을 한 눈으로 보시니
동해 바다를 앉아서 굽어보면 술잔처럼 작아 보일 테지.

何年精舍側金開.　萬里江山入座來.
鰲極天低連瀚海,　鷄林日出近蓬萊.
半月城頭黃葉落,　瞻星臺下白雲堆.
上人一隻乾坤眼,　坐瞰東溟小似杯.

청한스님 김시습에게
寄淸寒

내 그대를 사랑하니
본래 면목이 참되기 때문이지.
그대의 도는 혜능에게서 나왔고
그대의 시는 무본에 가까워라.
높은 뜻으로 이미 소문의 주인공이 되었고
맑은 이야기로 사람을 감동시키네.
사귀어 놀게 되니 너무나 다행스러워라
저 세상에 가서도 인연을 다시 맺으리라.

我愛岑禪者,　本來面目眞.
道從惠能出,　詩與無本親.
高誼已聞主,　淸談能動人.
交遊多自幸,　更結後生因.

안견이 그린 만학쟁류도에다

安堅萬壑爭流圖

안생의 필법은 천하에 다시없어
붓으로 한 번 장하게 휩쓸면 수묵 그림을 만드네.
가운데에는 만 리 밖에 산이 아스라하고
넓고 아득한 원기가 어슴푸레하네.
가을바람이 휙휙 불어 단풍잎이 떨어지자
산 뼈가 앙상하게 봉우리를 드러내네.
여러 골짜기가 멀리서도 또렷하게 보여 셀만하니
흩날리는 샘물 몇 줄기가 잔잔하게 울다가,
벼랑 바윗돌에 부딪쳐 절벽으로 쏟아지니
구슬이 뛰는 듯, 옥이 흩어지는 듯, 눈처럼 뿜어내네.
숲을 뚫고 구름을 스치며 나무 끝으로 달리니
번개가 번쩍이듯, 화살이 한 번 맞듯,
장하게는 혹 흔들리며 들끓는 소리
일만 기병이 짓밟으며 서쪽에서 오는 듯해라.
가늘게는 혹 물방울 떨어지며 쟁그랑 우는 소리
오현금이 맑게 울려 여음이 슬픈 듯해라.
또는 넓은 하늘에 옥 같은 무지개가 꽂힌 듯
또는 은하수가 하늘 한가운데 비낀 듯,
평탄하게 깔린 모습은 비단이 생겨난 듯
격한 형세가 이따금 은봉우리를 이루네.
산 아래서 어울려 흐르는 물은 깊이가 몇 자인가.

굽어보니 맑디맑아 푸른 오리 머리가 솟구친 듯,
둘레는 가이없는데다 아래에는 밑이 없어
거울처럼 환하고 마실 수 있게 맑아라.
어이하면 저 물을 가져다가 포도주를 만들어
단숨에 삼백 잔을 주욱 들이켜 볼거나.
십년 동안 세상살이에 찌든 내 속을 씻고
약수를 건너 봉래로 가볼거나.
그대는 보지 못했나, 그 옛날의 풍류시인 이태백을.
여산에 가서 놀다가 폭포를 보고는
하늘과 땅 사이에 좋은 시를 길이 남겨
서응의 졸악한 시를 씻었던 것을.
내 지금 이 그림을 보니 마음이 활짝 열려
글의 근원이 삼협의 물을 거꾸로 흐르게 하려네.
시가 이루어져도 큰 소리로 읊지는 말아야지

安生筆法天下無,　　磅礴一掃水墨圖.
中有萬里山嵯峨,　　元氣曠蕩靑模糊.
秋風策策霜葉殘,　　山骨盡露呈峯巒.
遙看萬壑明可數,　　飛泉幾道鳴潺湲.
犇崖觸石瀉峭壁,　　跳珠散玉噴似雪.
穿林捎雲走木末,　　雷霆迅閃箭一撥.

壯或震掉聲喧豗，　萬騎躪踏從西來.
細或涓滴鳴琤瑽，　五絃清越餘音哀.
或如玉虹挿長空，　或如銀漢橫天中.
平鋪或見生錦穀，　勢激有時成銀峯.
山下交流深幾尺，　俯視澄澄鴨頭綠.
其環無際下無底，　明可爲鑑清可啜.
安得變作葡萄醅，　一飲健倒三百杯.
滌我十載紅塵蹤，　弱水清涉尋蓬萊.
君不見昔時風流李太白，　來遊匡廬看飛瀑.
好句長留天地間，　一洗徐凝詩拙惡.
我今見圖開心昏，　詞源欲倒三峽源.
詩成且莫高聲唅，　泓下老龍應驚魂.

삼짇날 시를 지어서 김자고에게 보이다
三月三日題示金子固

봄 강물이 처음으로 넘쳐 쪽빛보다도 더 푸르고
꽃과 버들 향내 속에 햇빛은 무르녹네.
내가 백년을 산다고 해도 벌써 반백 년 지났으니
때는 바로 삼월인데다 또 초사흘일세.
글씨가 묘했던 우군[1]은 수계하느라 모였었고
공부는[2] 시가 뛰어났지만 홑옷을 잡히려 했었지.
예나 이제나 풍류스런 인물이 있으니
좋은 계절을 또 만난 이 내 시름을 어이하랴.

春江初漲碧於藍.　花柳芳菲日色酣.
我在百年今半百,　時當三月正初三.
將軍筆妙曾脩禊,　工部詩豪欲典衫.
今古風流人物在,　又逢佳節思何堪.

■
1. 중국 최고의 명필인 진나라 왕희지(王羲之, 307~365)가 우군(右軍) 벼슬
을 했다. 그가 3월 상사일(上巳日)에 그와 어울리던 마흔두 명의 문인들이
회계산 북쪽 난정 시냇가에 모여 술을 마시며 글을 지어 수계를 하였다.
그 뒤 위나라 때부터는 3월 3일 물가에 모여서 몸을 깨끗이 하는 수계를
많이 하였다.
2. 공부는 당나라 시인 두보의 벼슬이다.

날 저문 숲속 정자에서
林亭晚唫次岑上人韻

성안이라고 어찌 은자의 집이 없으랴
숲속 정자가 그윽하게 떨어져 세상의
시끄러움을 멀리 했네.
해마다 얼마나 많은 나무를 심었는지
잇달아 수많은 꽃들이 저절로 피네.
흰 개미가 정신없이 싸우자 산에는 비가 내리고
누른 벌이 일을 마치자 시냇가에 해가 비끼네.
다음날 높은 스님과 조용히 이야기하게 되면
돌솥에 솔바람소리 들리는 차를 보내 주리라.

城市那無隱者家.　林亭幽絶隔塵譁.
年年爲種幾多樹,　續續自開無數花.
白蟻戰酣山雨至,　黃蜂衙罷溪日斜.
移時軟共高僧話,　石鼎松聲送煮茶.

국화가 핀 달밤에
十月旣望黃花滿開明月政佳獨酌有懷

한가을마다 언제나 달빛은 아름답고
중양절이면 국화도 알맞게 피었건만,
올해 한가위에는 때마침 비가 오더니
올해 중양절에는 국화마저 아직 안 피었네.
한가위와 중양절을 모두 저버렸으니
내 가슴속이 울적해서 슬퍼하기만 했네.
오늘 저녁은 시월 가운데 어느 저녁인지
국화가 피더니 밝은 달까지 함께 떠올랐네.
달을 대하며 술잔을 들어 국화꽃을 띠우니
인생 살면서 이런 즐거움을 어떻다고 말하랴.
그대는 보지 못했는가.
이백이 달을 대했을 때엔 이 국화가 없었고
도연명이 국화를 대했을 때엔 달을 만나지 못했던 것을.
옛날의 어진 이들도 이 두 가지를 아울러 얻지는 못했건만
나는 어찌 이 두 가지를 아울러 얻게 되었나.
"나 같은 사람은 없었지?"라고 달과 국화에게 물었네.
해마다 이 날을 부디 저버리지 마세나.
내가 취하고 내가 노래하며 나 혼자 마시노라니
국화꽃은 수없이 피고 달도 지지를 않네.

月色每向中秋奇，　黃花自與重陽宜．
今年中秋值雨來，　今年重陽花未開．
既負中秋又重陽，　我懷爵爵徒悲傷．
今夕何夕十月中，　黃花自與明月同．
對月舉杯泛黃花，　人生此樂知如何．
君不見李白對月無此菊，　陶潛對菊月不得．
古今賢達尙不足，　我何爲者兼所欲．
問月問花如我無，　年年此日莫相辜．
我醉我歌我獨酌，　黃花無數月不落．

빨래하는 아낙네
洗姑嘆

강가에서 빨래하는 아낙네를 보니, 그 얼굴이 아주
깨끗하였다. 그 아낙네가 갑자기 진흙탕에 빠져서 여러
아이들에게 웃음거리가 되었기에, 느낀 바가 있어 이 시를
지었다.

강가에서 빨래하는 아낙네 얼굴이 꽃 같은데
어려서부터 빨래하며 살아 왔다네.
아침에는 발을 씻어 눈처럼 희고
저녁에는 얼굴 씻어 서리처럼 희다네.
아침마다 저녁마다 씻고 또 씻어
몸이 깨끗하고 마음도 아름다워라.
얼음보다도 희디 흰 누에고치 실로
밤마다 밝은 달 아래 북을 울렸지.
명주 짜서 고운 옷감으로 옷을 지으면
인어의 비단보다 가늘고 월나라 비단보다도 가벼웠다네.
강물은 맑고도 또 잔잔해서
날마다 쉴 틈 없이 빨래했다네.
다 씻고 얼굴 다듬어 물에 비추니
달보다 더 고와 물의 여신이 부끄러웠네.
갑자기 미친바람이 불어 천지가 칠흑 같아
티끌과 모래에 싸여 아득하니 갈 곳을 몰랐네.
허둥대다 진흙탕 속에 넘어지니

옥 같은 얼굴도 더럽혀지고 옷도 흙칠이 되었네.
딸아이는 문 밖에 나와 어머니 오길 기다리니,
빨래 간 어머니가 왜 이리 늦게 오시는가.
아낙네 돌아오니 딸아이가 손뼉 치고 웃으며
우리 집의 동시(東施)¹는 추악하지 않다네.
딸아이는 나이가 이제 겨우 열셋이니
당시의 생각이 아직도 어리석어라.
딸아이야 딸아이야 네 어미를 비웃지 마라
한스러운 이 마음을 너도 뒷날 알게 될 테니.

■
1. (월나라 미인인) 서시(西施)가 가슴이 아파 그 마을에서 찌푸리고 다녔더니, 그 마을의 추악한 여자가 그 모습을 보고 아름답게 여겼다. 그래서 자기도 역시 가슴을 움켜쥐고 얼굴을 찌푸리며 그 마을을 돌아다녔다. -『장자』「천운(天運)」이 못생긴 여자가 동시(東施)이다.

江邊洗姑顔如花. 小小澼絖爲生涯.
朝洗白足如雪色, 暮洗白顔如霜華.
朝朝暮暮洗復洗, 一身自潔心自多.
繰白白於冰繭絲, 夜夜白月鳴寒梭.
織成纖縞裁爲衣, 細於鮫綃輕越紗.
江之水淸且漪, 日日澡雪無休時.
洗罷淡粧照水底, 素娥讓潔羞江妃.
忽有狂風天地黑. 塵沙漠漠迷所之.
黃蒼顚倒泥潦中, 玉質已誤衣復緇.
小娘出門待姑歸, 姑洗姑洗來何遲.
姑歸小娘拍手笑, 醜惡不是吾家施.
小娘年紀纔十三, 當時見事猶兒癡.
小娘小娘莫笑姑, 此恨他年汝或知.

시를 짓고 스스로 비웃으며
詩成自笑

시 하나를 읊어 다 마치고는 또 하나를 읊게 되니,
하루가 다 가도록 하는 일이라곤 시 읊는 것밖에 모른다네.
옛날에 지어 둔 시를 오늘에 와 열어보니 만여 수라.
죽는 날에 가서야 시 짓는 일을 멈추게 될 테지.

一詩吟了又吟詩.　盡日吟詩外不知.
閱得舊詩今萬首,　儘知死日不吟詩.

■
* 이 시에 서문이 붙어 있지만, 너무 길어서 싣지 않았다.

베 짜는 아낙네

織婦行

서릿바람이 어젯밤 쏜살같이 불더니
베틀 위에 실구리가 반이나 얼어 터졌네.
베틀가에서 베 짜던 아낙네는 끊어진 실을 잇느라고
두 손이 다 터져 추위가 뼈에 사무치네.
실을 손질해 찰칵찰칵 북을 올리며
남 위해 베를 짜는 자기 신세를 한탄하네.
베가 다 짜지면 베틀에서 내려 가위질 서두르니
세금과 이잣돈 가운데 어느 게 더 급한지도 모르겠네.
관청 돈이나 사삿집 돈이나 어느 것인들 안 물 수 있으랴만
내 몸은 어찌 치마 버선도 없이 지내는가.
아아, 이미 농사꾼의 아내가 되었으니
일 년 내내 옷 한 벌 없는 신세 감수해야지
그래도 남 위해 춤추고 노래하며
옷장에 옷 가득한 창녀의 짓만은 배우지 않으리라.

霜風昨夜如箭瞥. 機上絲頭半凍裂.
機邊織婦績斷絲, 兩手龜盡寒砭骨.
理絲軋軋鳴寒梭 自恨身爲他人織.
織成下機催刀尺, 官租私債迷緩急.
官私兩糶那可辜, 此身寧忍無裙襪.
嗚呼旣作田家婦, 卒歲甘分無衣褐.
終然不學娼家兒, 爲人歌舞衣滿篋.

한명회의 압구정에서
應製狎鷗亭詩

내가 <어제압구정시(御製狎鷗亭詩)>에 서문을 썼었는데,
상당부원군이[1] 다시 간절히 시를 지어 달라고 청하였다.
삼가 운에 따라 짓는다.

4.
늘그막에 강호 생활이 풍류로우니
단아하고 높은 이름이 여러 해 동안 우뚝했었네.
단청 기둥과 구슬 발, 등왕각에[2] 비 내리고
한양의 강가에는 맑은 물과 꽃다운 풀이 깔렸네.
푸른 산은 어여쁘게 문 앞에 다가서고
갈매기는 한가롭게 놀잇배를 피하지 않네.
시비하는 소리를 귓가에 이르게 마소
천지간에 취하면 온갖 근심이 스러진다오.

江湖晚節可風流.　雅尙高名聳幾秋.
畫棟珠簾滕閣雨,　晴川芳草漢陽洲.
靑山窈窕長當戶,　白鷗安閑不避舟.
莫遣是非聲到耳,　醉鄕天地百無愁.

■
1. 상당부원군은 한명회(韓明澮, 1415~1487)의 봉호인데, 수양대군을 도와 단종을 내쫓고 임금이 되게 하였다. 세조 때에는 물론이고 성종이 즉위한 뒤에도 영의정과 병조판서를 겸하여 부귀영화를 누렸다. 그의 두 딸은 각기 예종과 성종의 왕비가 되었다. 그는 한 차례 벼슬에서 물러나 한강 가에 압구정을 짓고 풍류를 즐겼었다. 이때 임금을 비롯해 수많은 고관 문인들이 압구정의 경치와 한명회의 풍류를 칭찬하는 시를 지어 보냈다. 그러나 한명회는 곧 벼슬자리로 돌아갔다. '압구(狎鷗)'는 '갈매기와 친하다'는 뜻인데, 욕심 없는 사람에게만 갈매기가 따른다고 한다. 그렇지만 실제로는 그의 정자에 갈매기들이 찾아들지 않았으므로 '친할 압(狎)'자 대신에 '누를 압(押)'자를 써야 한다고 풍자한 사람들도 있었다.
2. 당나라 고종의 아들인 등왕(滕王) 이원영(李元嬰)이 홍주자사로 있을 때에 지은 전각이다. 왕발(王勃)이 등왕각 잔치에 참여하여 지은 시 가운데
　　아침에는 남포의 구름이 단청 기둥에 날아가고
　　저녁에는 서산의 비가 주렴 밖에 흩뿌리네.
　　畵棟朝飛南浦雲, 珠簾暮捲西山雨.
라는 구절이 있다.

비가 와서 뱃놀이를 못하며
七月旣望有雨不泛舟翫月悵然有作

칠월 기망엔[1] 달이 응당 밝을 것 같아
배를 띄워 적벽 놀이에 견주려 했었지.
조물주가 어린애라서 장난을 좋아하여
요즘 들어 나에게 괴로움을 너무 끼치네.
광나루에 물이 넘쳐 건널 수 없고
살곶이다리 길도 진창이 되어 말이 미끄러지네.
문을 나서 원망스레 바라보다 들어와 걱정하니
어둑해지는 날씨에다 비까지 오는 것을 어찌하나.
하늘에 달떴던 가을이 벌써 몇 년 지났나
적벽강 물은 만고에 흐르네.
하늘이 소선(蘇仙)을 위해 오늘 저녁을 마련했기에
흐르는 강물 밝은 달밤에 배를 띄웠었지.
당시의 호탕한 기백이 천지를 덮어
만인들이 외워 전하는 〈적벽부〉 한 편이 아직도 남아 있네.
배 있어도 띄우지 못하고 달구경도 못하니
서글픈 이 마음을 하늘에게 물어보고 싶어라.
천심이 주고 빼앗는 거야 알 수가 없지만
세상만사에 어긋남이 많으니,
배도 달도 저버린 내 신세를 어찌하랴.
귀밑머리에는 서늘한 가을바람만 스치네.

七月旣望月當白.　　意欲泛舟擬赤壁.
造物小兒多戲劇,　　年來於我苦相逼.
廣津水漲不可渡,　　泥深馬滑箭橋路.
出門悵望入門愁,　　奈此昏陰天又雨.
天上有月知幾秋,　　赤壁之水萬古流.
天爲蘇仙有此夕,　　江流月白仍泛舟.
當時豪氣盖乾坤,　　一賦膾炙今猶存.
有舟不泛月不賞,　　慷慨我欲餞天閽.
天心予奪不可知,　　世間萬事多參差.
負舟負月吾奈何,　　兩鬢颯爽生涼颼.

■

1. 기망은 보름이 바로 지난 날, 즉 16일이다. 소동파가 7월 16일에 적
벽에 배를 띄우고 뱃놀이를 하였다.

날 저문 산의 그림
題畫十二首爲權護軍作 · 晚山圖

하늘을 찌를 듯 늙은 나무가 구름에 마주 닿았네.
돌은 늙고 바위는 기이하고 물은 연못에 가득해라.
다시금 난새를 타려고 쇠피리를 불면서,
깊은 밤 밝은 달빛 속에 강남을 지나가네.

嵯峨古樹與雲參. 石老巖奇水滿潭.
更欲乘鸞吹鐵笛, 夜深明月過江南.

수종사에서 윤스님께
寄水鍾寺允禪老

용나루[1] 위의 옛절을 찾아드니
구불구불 오솔길이 푸른 숲속으로 들어가네.
예전에는 사령운이[2] 자주 찾아왔었건만
지금은 원공의[3] 이야기를 들을 길이 막혔네.
시냇가에서 바릿대로 주문 외우면 용도 엎드렸고[4]
돌 위에서 불법을 베풀면 범도 또한 참예하였지.[5]
흰 버선과 푸른 짚신은 내게도 또한 있으니
호계 남쪽에서 서로 만나 한번 웃어보세나.[6]

龍江山上古伽藍. 細徑崎嶇入翠杉.
憶昔屢邀靈運過, 至今猶阻遠公談.
溪邊呪鉢龍應伏, 石上繙經虎更毿.
白韈靑鞋吾亦在, 相逢一笑虎溪南.

■

* 수종사는 (경기도 광주) 조곡산에 있다. 『신중동국여지승람』 제6권에는
서거정이 수종사에서 지은 시가 2편이나 실려 전한다.
1. 북한강과 남한강이 만나는 곳이 양수리(兩水里)인데, 예전에는 양수리
를 용나루(龍津) 또는 용강(龍江)이라고도 불렀다. 수종사는 용나루 가까운
곳에 있었다.
2. 진(晉)나라 때에 혜원(慧遠)이란 고승이 여산 동림사에서 도를 닦았다.
시인 사령운을 비롯하여 많은 사람들이 혜원법사를 찾아갔었는데, 이 시
에서는 서거정이 자신을 사령운에게다 견준 것이다.

■

3. 원공은 혜원법사를 뜻하는데, 이 또한 서거정이 수종사의 윤스님을 동림사(백련사)의 혜원법사에게 견준 것이다.

4. 육조시대에 어느 스님이 주문을 외워서, 커다란 연못 속에서 장난치는 용을 바릿대 속으로 들어가게 하였다.

5. 어느 고승이 불경을 연역하여 설법하면 범이 문 밖에 와서 가만히 들었다고 한다.

6. 혜원법사는 아무리 귀한 손님이 찾아오더라도 산문 밖에 있는 시내(虎溪)를 건너서까지 배웅하는 법이 없었다. 그런데 어느날 도연명·육수정 등이 찾아오자, 그들을 배웅하면서 이야기하다가 자기도 알지 못하는 사이에 그만 호계를 넘어갔다. 그런 뒤에야 호랑이가 울부짖는 소리를 듣고서 호계를 넘어선 줄 깨닫고, 세 사람이 크게 웃었다고 한다. 여러 화가와 문인들이 이 모습을 그려 <호계삼소도(虎溪三笑圖)>를 남겼다. 그러나 육수정이 혜원법사보다 백여 년 뒤에 태어났다는 기록도 있어, 꼭 믿을 수는 없는 일이다.

여름날
夏日卽事

잠시 날이 개어 발과 휘장에 햇살이 빛나니
좁은 모자 가벼운 적삼에 더위가 수그러지네.
죽순은 솟아날 마음이 있어 비 덕분에 더 자랐고
지는 꽃은 힘이 없어 바람만 받아도 흩날리네.
오랫동안 붓과 먹을 버려 이름을 감춘 데다
벼슬아치들 사이에 시비 일으키기를 벌써부터 싫어했었지.
오리 향로에 향불이 사그라지면서 첫잠이 깨고 보니
찾아드는 손님은 적고 제비만 자주 돌아오네.

小晴簾幕日暉暉,　短帽輕衫暑氣微.
解籜有心因雨長,　落花無力受風飛.
久抛翰墨藏名姓,　已厭簪纓惹是非.
寶鴨香殘初睡覺,　客曾來少燕頻歸.

강희맹에게
得用前韻寄姜晋山十首

2.
약이야 본래 의원에게 얻으면 되고
술은 언제나 아내가 구해 왔지.
몸이 한가해지니 내 뜻에 알맞은데다
천성이 게을러 머리마저 빗지 않는다네.
어느새 수레바퀴가 굴러가버려
때를 놓쳤으니 모든 일을 쉬어야겠네.
고향 산천이 자주 꿈에 나타나던데
고사리도 긴 봄날 부드럽게 자라더군.

藥本從醫得, 酒常與婦謀.
身閑聊適意, 性懶不梳頭.
荏苒雙輪轉, 蹉跎萬事休.
故山頻入夢, 薇蕨長春柔.

7.
뜬세상에 참소와 비방이 많은데
어느 누가 또 이간질을 꾀하나.
예전에 들으니 귀신은 다리가 하나라던데
이제 보니 뱀의 머리가 둘일세.
하던 일을 내던지고 가기 어려우니
관 뚜껑을 덮어야만 일이 끝나리라.
굳세고 강하면 반드시 쉬 꺾이니
스스로 부드러움을 배워야겠네.

浮世多讒謗,　何人亦譎謀.
曾聞鬼獨脚,　今見蛇兩頭.
投杼疑難去,　蓋棺事乃休.
剛强必易折,　自可學優柔.

연꽃 피고 달까지 밝은 밤에
蓮堂月夜

해질녘 연못가에 앉았노라니
연꽃이 아직 반도 피지 않았네.
시 읊는 밤이라서 달빛 더욱 좋은데
바람이 불어 친구까지 보내 주었네.

晩坐陂塘上,　荷花未半開.
月從吟夜好,　風送故人來.

한가롭게 사는 계책
閑吟

한가롭게 사는 계책은 알고 있지만
세상 살아가는 재주는 하나도 없다네.
달빛 아래서 차를 달이느라 앉았다가
못가에 약재를 씻으러 온다네.
섬돌 곁에다 순종 대나무를 심고는
텃밭에도 반쯤은 매화를 기른다네.
세상일을 모두 다 잊어버리고
남은 생애를 술잔에다 붙였다네.

供閑知有策,　處世却無才.
月下煎茶坐,　池邊洗藥來.
傍階純種竹,　開圃半栽梅.
世事都忘了,　殘生付酒杯.

쌍림사의 심상인이 지닌 그림에다
題雙林心上人所藏十畫

2.

- 호계에서 세 친구가 웃다
여산의 스님은 누운 채로 나들이하지 않아
풍류로운 두 늙은이가 이따금 찾아왔네.
그대에게 묻노니, 이 세 사람이 무슨 일로 웃는가[1]
오늘 아침엔 자기들도 모르게 호계를 나섰다오.

- 虎溪三笑
廬阜高僧臥不出,　風流二老時往携.
問渠三笑笑何事,　不覺今朝過虎溪.

---

1. 강서성 구강현에 여산이 있고, 그 안에 동림사(東林寺)가 있다. 그 밑에 호계(虎溪)가 흐르는데, 동림사에 있던 고승 혜원법사(慧遠法師)가 손님을 배웅할 때에 한번도 호계를 나서지 않았다. 만일 이 호계를 나서면 범이 울부짖었다. 하루는 법사가 선비 도연명과 도사 육수정(陸修靜)과 함께 이야기하다가, 자기도 모르는 사이에 호계를 지났다. 범이 울부짖으니 세 사람이 크게 웃었다.

5.

– 이태백이 달보고 묻다

청련거사는 이 땅에 귀양 온 신선이라

천지 사이에 풍류로 혼자 선 분일세.

술잔 들어 달에게 물으니, 달은 영원히 있었다네.

달이 지지 않으니 술동이도 비지 않네.

– 李白問月

靑蓮居士謫仙老,　獨立風流天地中.

舉杯問月月長在,　月不落兮樽不空.

길을 가다가
途中

비 온 뒤라서 큰 길에 말발굽 떼기가 어렵고,
구지레한 적삼 소매도 반쯤 진흙에 젖었네.
구름 사이로 새어나온 비낀 햇살이 먼 숲속으로 저무는데,
수많은 산새들이 저마다 다르게 우네.

雨後長途澁馬蹄.　龍鍾衫袖半霑泥.
漏雲斜日長林晩,　無數山禽種種啼.

회월헌의 시축에다
題淮月軒詩軸

달은 하늘 위에 있고 물은 땅에 있어
그 사이가 구만 팔천 리나 되네.
달이 왜 물 속에 있는지
나는 그 까닭을 모르겠네.
달도 또한 그 몸을 천·백·억으로 나누니[1]
물이 여기에 있으면 달도 또한 있네.
회(淮)의 물이 맑고도 또한 잔잔한데
달이 와서 인(印)을 치니 그 빛이 더욱 희어라.
원래 세상 만물이 모두 한 이치이니
한 달이 천으로 나뉘는 것도 당연한 이치일세.
스님이여, 가서 <월인천강지곡>을 읽어보소.
도(道)라는 게 본디 하나도 아니요, 둘도 아니라네.

■

1. 부처가 천백억(千百億)의 화신으로 나타나기에, 달을 거기에다 비유한
것이다.

月在天上水在地. 中間九萬八千里.
月胡爲乎在水中, 我自不知其所以.
月亦分身千百億, 有水於是亦有月.
淮之水淸且漣漪, 月來印之光更白.
由來萬殊本一理, 一月分千理自爾.
師乎去讀月印千江曲, 道本不一亦不二.

대사헌 벼슬을 그만두는 손순효에게
孫七休罷憲長戲呈五首

1.
쉴 날에 쉬어야 쉬는 것이 좋지
쉬지 말아야 할 때에 쉰다면 또한 부끄럽다네.
세 번 쉬고 네 번 쉬다 일곱 번이나 쉬는 그대여.
쉬고 쉬었다가 이제 또 다시 쉴 것을 쉬시네.

可休休日休方好,　休不休時休亦羞.
三四休並七休客,　休休今復更休休.

■

* 원 제목에 나오는 칠휴(七休)는 손순효(孫舜孝, 1427~1497)의 자이다. 그
가 대사헌 벼슬을 그만두게 되자, 칠휴라는 자의 뜻을 빌어다 우스개 삼
아 지은 시이다.

내 마음속에는 너도 없고 나도 없어
閑題

이 세상일은 모두가 망연해
조금 취했다 하면 언제나 익숙하게 잠이 드네.
호공은[1] 망녕되게도 축지법을 한다 말하고
기국 사람은 가엾게도 하늘이 무너질까봐 걱정하네.[2]
세상을 어떻게 해보려던 마음은[3] 앓은 뒤에 모두 녹아버렸건
만
밤과 낮이[4] 또한 사람들을 괴롭게 볶아대네.
이 마음속에는 사물과 내가 따로 없다고 이미 믿었으니
이 한 맛이 바로 구선(癯禪)인[5] 줄을 그 누가 알랴.

■
1. 호장공(胡長公)이 축지법을 잘하였다고 한다.
2. 어느 기나라 사람이 하늘이 무너지면 깔려 죽을까봐, 늘 손을 쳐들고
다녔다고 한다.
3. 세상에 대해서 이렇게 해볼까 저렇게 해볼까 헤아리는 마음을 기관이
라고 한다.
4. 밤에는 기름불로 밝게 되고 낮에는 불같은 햇빛으로 밝게 되므로, 여
기서의 기름과 불은 밤과 낮이라는 뜻이다.
5. 내 마음 속에 너도 없고 나도 없는 것을 깨달은 경지가 바로 가냘픈
선(禪)이라는 뜻이다.

當頭世事總茫然，　小醉多時慣作眠．
妄說壺公能縮地，　可憐杞國謾憂天．
機關病後都消盡，　膏火人間亦苦煎．
已信此心無物我，　誰知一味卽癯禪．

가을 시름
秋懷

세월은 자꾸 흘러 머무르지 않으니
검은 갓 쓰고 서녘바람에 흰 머리를 걱정하네.
세상에 나아갈지 물러날지 결정짓기 어려우니
한가로움과 바쁨은 예부터 서로 꾀하지 않았네.
도연명은 돌아가면서 집을 바라보며 기뻐했고[1]
두보는 나가거나 숨거나 홀로 다락에 의지했었지.[2]
나도 또한 전원으로 돌아가리라고 일찍이
부(賦)를 지었으니
이 신세를 끌고 가 조각배에서 늙으리라.

流光冉冉不曾留.　　烏帽西風怯白頭.
出處由來難自斷,　　閑忙自古不相謀.
陶潛歸去欣瞻宇,　　杜甫行藏獨倚樓.
我亦歸田曾有賦,　　欲將身世老扁舟.

■
1. 도연명이 지은 〈귀거래사〉에 "집이 바라보이자[乃瞻衡宇] 기뻐서 달려
갔네[載欣載奔]"이라는 구절이 있다.
2. 두보가 악양루에 올라가 세상일을 탄식하며 〈등악양루탄관산융마(登岳
陽樓歎關山戎馬)〉라는 시를 지었다.

국화꽃이 피지 않았기에 서글퍼져서
菊花不開悵然有作

아름다운 국화꽃이 올해에는
다른 해보다 더디게 피어,
한 가을의 정과 흥취가
동쪽 울타리에 부질없네.
서녘 바람은 크다 보니
정다운 생각이 없어,
노란 국화꽃에는 들지 않고
실 같은 구레나룻 사이로만 들어오네.

佳菊今年開較遲.　一秋情興謾東籬.
西風大是無情思,　不入黃花入鬢絲.

칠순
七旬

칠순 되면 내 신세가 더욱 어설퍼져
젊은 날의 풍류가 거의 다 없어졌네.
책을 잡으면 눈이 침침해지고
수염에 흰 눈이 내리는 걸 막을 수가 없네.
한가하게 홀로 앉아 향불을 피우고
술에 취해 노래 부르며 타호를 쳐서 장단 맞추네.
내년에 벼슬을 그만두려니 벌써부터 기뻐라.
푸른 물결에 흰 새처럼 강호에서 늙으리라.

七旬身世轉疎迂.　少日風流太半無.
聊把靑編遮病眼,　不禁白雪上衰鬚.
閑中獨坐親香鼎,　醉後長歌擊唾壺.
預喜明年當致仕,　蒼波白鳥老江湖.

여러 벗들은 절개를 지켰건만
次權參議韻

여러 벗들은 일찍 물러나서 절개를 지켰건만
나는 헛된 명예 때문에 신세를 그르친 게 부끄러워라.
전원을¹ 서글피 바라보면서도 돌아갈 수가 없는데
봄바람 부는 곳마다 고사리 새싹이 돋는구나.

多君早退能全節,　愧我虛名已誤身.
悵望兜羅歸不得,　春風到處蕨芽新.

■

1. 원문의 도라(兜羅)는 거의 쓰이지 않는 말인데, 『식종기(飾宗記)』 「육말
(六末)」에 "도라(兜羅)는 초목화서(草木花絮)의 총명(總名)이다"라고 하였다.
이 시에서는 앞뒤의 문맥을 보아서 〈귀거래사〉에 나오는 전원으로 의역
하였다.

채마밭을 살피다가
巡菜圃有作

그대는 보지 못했는가. 이른 부추와 늦은 배추를 즐기던 주옹의[1] 흥과
고미나물 순나물을 먹던 장한의[2] 즐거움을.
그대는 또 보지 못했는가. 문동 태수가 죽순을 즐겨 먹고
이간 학사가 부추 즙을 좋아하던 것을.[3]
인생 살면서 입에 맞으면 그게 바로 진미이지
채소를 씹어도 고기맛과 견줄 만해라.
내 집 동산에 몇 이랑 빈 땅이 있어
해마다 실컷 채소를 심었지.
배추에다 무에다 또 상추까지
미나리에다 토란에다 또 자소(紫蘇)까지,
생강 마늘 파 여뀌 갖은 양념을 갖추어
데쳐선 국을 끓이고 절여선 김치를 담았네.
내 식성이 본디 채식을 즐기기에
꿀처럼 달게 먹고 사탕처럼 먹었네.
필경에는 나나 하중이나 배부르기는 마찬가지이니[4]
식전방장[5] 고량진미를 벌일 필요가 없네.

君不見早韭晚菘周顒興,　菰菜蓴絲張翰樂.
又不見文同太守饞筍脯,　易簡學士愛薑汁.
人生適口是眞味,　咬菜亦自能當肉.
我園中有數畞餘,　年年滿意種佳蔬.
蕪菁蘿蔔與萵苣,　菁芹白芋仍紫蘇.
薑蒜葱蓼五味全,　細燖爲羹沉爲菹.
我生本是藜藿腸,　嗜之如蜜復如糖.
畢竟我與何曾同一飽,　不須食前方丈羅膏粱.

■

1. 주옹이 산속에 있을 때에 "산속에서 맛있는 것을 무어 먹는가?"라고 임금이 물었다. 그랬더니 주옹이 "초봄에는 부추가 맛있고 늦가을에는 배추가 맛있습니다"라고 하였다.

2. 장한(張瀚)은 진나라 오군(吳郡) 사람인데, 자는 계응(季鷹)이다. 문장을 잘 지어, 당시에 강동보병(江東步兵)이라고 불렸다. 제나라 임금 경(冏)에게 벼슬하였는데, 가을바람이 불어오자 오군의 고미나물과 순채국, 그리고 농어회가 먹고 싶어졌다. 그래서 벼슬을 그만두고, 말에 멍에를 메워 고향으로 돌아갔다. -『진서(晉書)』권 92

3. 송나라 소이간에게 "무슨 음식이 맛있는가"라고 임금이 물었다. 그랬더니 소이간이 "때에 따라 일정하지 않습니다. 신이 언젠가 술에 취하게 마셨는데, 새벽에 목이 마르자 마실 것이 없었습니다. 뜰 앞에 부추를 담근 독이 있었기에 그 즙을 마셨더니, 그 맛이 가장 신선하고 좋았습니다"라고 대답하였다.

■
4. 진나라 하증이 사치스럽게 음식을 먹어서, 한 끼에 만전씩이나 써버렸
다. 뒷날 소동파가 채소를 먹으면서 시 짓기를 "나나 하증이나 한번 배부
르기는 마찬가지이다"라고 하였다.
5. 식전방장(食前方丈)과 수백 명의 첩을 거느리는 짓은 내가 뜻을 얻더라
도 하지 않겠다. - 『맹자』 진심(盡心) 하.
'식전방장'은 '반찬을 사방 한 길이나 되게 앞에다 늘어놓는 것' - 『맹자』
집주(集注). 즉 매우 사치스러운 음식상을 비유한 말이다.

시골 농장에서 벼를 거둬들이며
村墅奴餉早稻十餘斛 三首

1.
산 아래에 거친 밭이 두 마지기 있어
늙은 종이 밭 갈고 김매며 힘써 농사를 지었네.
이른 가을에 벌써 향그런 벼를 거둬들이니
가난한 집안에 쌀섬이나 쌓게 되었다고 너무나 기뻐하네.

山下荒田二頃餘.　老奴力穡勸犁鋤.
早秋今復收香稻,　絶喜貧家甁石儲.

3.
밝은 시대에 공명을 이룬 지 오십 년이나 되었지만
한 집안의 살림은 녹봉만 바라보네.
밭이 있으니 벼슬을 떠나고 싶어 자꾸만 돌아보다가
도연명의 귀거래사나 길게 읊어보네.

昭代功名五十年.　一家生理仰官錢.
有田欲去頻回首,　長詠陶潛歸去篇.

한 몸에 병이 많은데다
閑中寓懷

한 몸에 병이 많은데다 또한 늙고 시들어서
어지러운 세상의 의론을 아예 모르고 지나네.
흰 머리로 유유히 언제나 팔짱을 끼고
푸른 산 말없는 속에서 혼자 턱을 괴네.
책장과 붓걸이는 한가롭게 서로 짝하고
약솥과 찻사발은 늙어가면서 더욱 좋아라.
맑은 날 작은 창가에서 달게 잠이 들었다가
처마 끝 반가운 까치 소리에 갑자기 놀라 깨네.

一身多病且衰遲. 物議紛紜百不知.
白髮悠悠長袖手, 靑山默默獨支頤.
書籤筆架閑相伴, 藥鼎茶甌老更宜.
晴日小窓酣打睡, 忽驚喜鵲語簷枝.

제 2 부

시집 보유에 실린 시들

四佳
徐居正

눈
雪

선가(禪家)에서는 교연(皎然)[1]이 왔다고 기뻐하고
시단에서는 도리어 백야[2]를 만났다고 즐거워하네.
봄 지난 뒤에 미쳐 흩날리는 버들개지 되기가 부끄러워
눈앞의 담박한 매화를 따라서 노닌다네.

禪家初喜皎然至,　詩壘還逢白也來.
羞作顚狂春後絮,　相從淡薄臘前梅.

■

1. 교연은 당나라 때에 시를 잘 짓던 중이다. 그의 이름 '교연'이 '환하
다'는 뜻이므로, 눈이 와서 환하다고 이중으로 표현한 것이다.
2. 백야도 당나라 때의 시인 이백(李白)을 뜻한다. 흰 눈이 오는 것을 즐
거워하는 표현이다.

가랑비
小雨

아침부터 오는 가랑비가 더욱 보슬거려
지는 버들개지와 흩날리는 꽃잎이 주렴에 가득해라.
구십 일 봄날도 이제 벌써 저무는데
앓은 뒤라서 술잔을 힘없이 거푸 붙잡네.

朝來小雨更庶纖.　落絮飛花滿一簾.
九十日春今已暮,　病餘杯酒懶重拈.

삼개에 내리는 밤비

麻浦夜雨

백년의 신세가 참으로 유유하니
강호의 밤비 소리가 시름을 불러일으키네.
전원으로 돌아가리라는 글이[1] 소매 속에 예전부터 있어
흰 갈매기 사는 물가에서 늙으리라고 이미 정했다네.

百年身世政悠悠.　夜雨江湖惹起愁.
袖裏歸田曾有賦,　已抃終老白鷗洲.

---

1. 도연명이 <귀거래사>를 지은 뒤에 많은 시인들이 따라서 <귀거래사>를 지었다.

매화

次尹洪州梅花詩韻兼柬吳君子

매화는 눈 같고 눈은 매화 같아라.
흰눈 내릴 앞머리에 매화가 바로 피네.
하늘과 땅이 한 맑은 기운인 것을 이제 알겠으니
내 반드시 눈을 밟으며 매화를 보러 오리라.

梅花如雪雪如梅.　白雪前頭梅正開.
如是乾坤一淸氣,　也須踏雪看花來.

봄날
春日

수양버들에는 금빛이 들고 매화엔 옥빛이 떠나는데
작은 연못의 새 물은 이끼보다도 푸르구나
봄날의 시름과 흥겨움은 어느 쪽이 더한지
제비도 오지 않고 꽃도 피지 않았네.

金入垂楊玉謝梅.　小池新水碧於苔.
春愁春興誰深淺,　燕子不來花未開.

십년 동안 얼굴이 늘 여윈데다
卽事

십년 동안 얼굴이 늘 여윈데다가
한 달 동안 머리도 빗지 않았네.
오래 묵은 병에다 새 병까지 겹쳐
한가히 살면서도 숨어 사는 것 같아라.
화롯가에 앉아서 약주를 데우고
붓에다 먹을 찍어 방서를 베끼다 보니
내 경영이 옹졸한 것도 스스로 믿어지고
옛 벗들과 성기어진 것도 이제는 알겠어라.

十年面長瘦,　一月頭不梳.
久病兼新病,　閑居類隱居.
圍爐烘藥酒,　點筆寫方書.
自信經營拙,　仍知故舊踈.

혼자 앉아서
獨坐

찾아오는 손님도 없이 혼자 앉았노라니
빈 뜨락에는 비 기운만 어둑어둑해라.
고기가 건드려 연잎이 움직이고
까치가 밟아서 나무 끝이 흔들리네.
거문고가 그쳐도 줄에는 아직 소리가 남았고
화로가 차가워졌지만 불은 그대로 남아 있네.
진흙탕 길이 드나드는 발걸음을 막으니
오늘은 하루 종일 문을 닫는 게 좋겠네.

獨坐無來客,　空庭雨氣昏.
魚遙荷葉動,　鵲踏樹梢翻.
琴潤絃猶響,　爐寒火尙存.
泥途妨出入,　終日可關門.

조금 내린 비
小雨

조금 내린 비가 남은 더위를 씻어가자
서늘한 바람이 묵은 가지를 흔드네.
찢어진 창틈으로는 이따금 달이 보이고
낡은 벽에는 절반이나 시가 쓰여 있네.
나그네 길이라 친한 벗이 적은데다
한 세상 살면서 이별도 많아라.
어쩌라고 새벽 꿈꿀 때마다
고향으로 돌아가지 않는 적이 없었던가.

小雨鏖殘暑,　涼飆動古枝.
破窓時見月,　老壁半題詩.
逆旅少親舊,　人生多別離.
如何連曉夢,　未有不歸時.

칠석날
七夕

하늘나라 신선들의 만남이
해마다 이 날 마찬가질세.
하룻밤이 길어야 얼마나 되랴마는
만고에 또한 다함이 없었네.
벌레 소리 바깥으로 달빛이 비치고
까치 그림자 속으로 은하수 물소리가 들리네.
비록 재주를 비는 걸교문은 아니 지었지만
시 구절을 얻고 보니 그 말이 도리어 묘해라.

天上神仙會,　年年此日同.
一宵能有幾,　萬古亦無窮.
月色蛩吟外,　河聲鵲影中.
雖無文乞巧,　得句語還工.

삼전도 가는 길에서
三田渡途中

여윈 말 타고서 삼전도로 가노라니
가을바람이 불어와 모자가 기울어졌네.
맑은 강물은 떠나가는 기러기를 담았고
저무는 해는 돌아가는 까마귀를 보내네.
묵은 나무에는 단풍이 노랗게 물들었는데
외로운 마을에 백사장이 보이네.
푸른 산이 끝나는 저쯤에
우리 집이 있는 것을 멀리서도 알겠네.

贏馬三田渡,　西風吹帽斜.
澄江涵去鴈,　落日送還鴉.
古樹明黃葉,　孤村見白沙.
靑山將盡處,　遙認是吾家.

밤중에 시를 읊다
夜詠

병들어 앉은 채로 잠마저 오지 않으니
희끗희끗한 살쩍이 더욱 쓸쓸해라.
작은 솥에서는 차를 끓이는 소리가 시끄럽고
등불 그림자는 낡은 병을 비추네.
달빛은 발을 뚫고 방으로 스며들고
바람은 종이를 흔들며 창가에서 우네.
사람 사는 세상의 일을 두루 살펴보니
한가한 시름이 뱃속에 가득해라.

扶病坐無寐,　蕭蕭雪鬢㒹.
茶聲喧小鼎,　燈影照殘缸.
月穿簾入室,　風撼紙號窓.
飽閱人間事,　閑愁自滿腔.

창원부사 박공을 임지로 보내며
送昌原府使朴公之任

옛날에도 여러 번이나 월영대[1]를 지나갔었지.
화산은 옛 그대로 푸른빛이 무더기를 이루었네.
지는 햇살 속에 높이 읊조리며 이제 떠나려 하지만
외로운 구름을[2] 불러도 아직 오지 않네.
넓은 바다에는 밀물이 들어오며 옛 진터를 에워싸는데
키 작은 비석에는 글자도 없이 이끼가 반이나 덮였네.
풍류 태수는 문장을 잘 지으시니
나를 위해 한가히 올라와 술 한 잔을 권하시게나.

憶昔重過月影臺,　檜山依舊翠成堆.
高吟落日欲將去,　爲喚孤雲猶不來.
滄海有潮環古壘,　短碑無字半荒苔.
風流太守仍文雅,　爲我閑登酹一杯.

■
1. 월영대와 화산은 창원에 있는 명승지이다.
2. 원문의 고운(孤雲)은 옛날 이 지방에 노닐었던 신라 시인 최치원을 가리킨다.

칠월 이십구일 탄신을 하례하며
七月二十九日誕辰賀禮後作

탄신이라고 자신궁에 하례하는 날 아침
옥섬돌에다 이마를 조아리며 붉은 곤룡포에 절하였네.
황금항아리를 처음으로 열어 천일주를 따르고
구슬 쟁반에다 나란히 만년도를 바치네.
다행히도 태평성대를 만났으니 구름과 용이 모이고
쏟아지는 은택에 깊이 젖으니 비와 이슬이 넉넉하여라.
취하고 배부른 소신이 대아[1]를 이어
다시금 화축을 펼쳐 요임금을 노래하네.

誕辰陳賀紫宸朝.　稽顙瑤墀拜赭袍.
金甕初開千日酒,　玉盤齊獻萬年桃.
奇逢幸際雲龍會,　霈澤深涵雨露饒.
醉飽小臣賡大雅,　更申華祝頌唐堯.

■

1. 『시경』은 풍(風)·아(雅)·송(頌)으로 이루어졌는데, 풍은 백성들의 민요, 아는 임금과 신하들이 잔치에서 부르는 노래, 송은 임금과 조상을 송축하는 노래이다.

젊은 시절
少日

젊은 시절에는 호기롭게 말하며 두 수염을 떨쳤건만
요즘 들면서는 칼날을 거두며 남들의 거리낌을 멀리하네.
지금까지의 벼슬길은 양의 창자처럼 험했건만
늙어가면서 재주와 이름이 쥐꼬리처럼 뾰족해지네.
나의 시가 사람을 놀라게 하지 못하니 읊어보고는 또 고치고
술이 나를 잊게 하니 취하면서도 또 마시네.
절간(折簡)을 써서 바둑 친구를 부르고 싶지만
얼어붙은 붓이 송곳 같아서 잡을 수가 없구나.

少日豪談奮兩髥.　年來斂鍔遠人嫌.
從前宦路羊腸險,　抵老才名鼠尾尖.
詩不驚人吟又改,　酒能忘我醉還添.
欲書折簡招碁伴,　凍筆如錐不可拈.

부안에서
扶安次李相國奎報韻

십년 동안 동쪽 서쪽에서 소식 더욱 잦았으니
그대와 함께 다락에 오른 것이 모름지기 즐거워라.
빗소리는 오랫동안 파초 잎에 담겨 있고
봄빛은 깊이 작약 떨기에 머물러 있네.
나의 신세는 이미 술잔 속에 내버려졌고
광음은 헛되이 갈림길에서 써버렸으니,
취한 뒤에도 오히려 강남의 꿈이 기억나네.
만 자루 연꽃이 십리에 붉었어라.

十載東西信轉蓬.　登樓聊喜使君同.
雨聲長在芭蕉葉,　春色深留芍藥叢.
身世已抴杯酒裏,　光陰空費路歧中.
醉餘猶記江南夢,　萬柄荷花十里紅.

못난 늙은이
龍鍾

천지간에 못난데다 병까지 든 늙은이가
작은 창가에 두건 벗고 곧바로 앉아 있네.
검은 구름 어두워지더니 포도나무에 비 뿌리고
붉은 안개 흩날리며 연꽃에 바람 부네.
제비의 말을 주인과 나그네가 스스로 알지만
개구리 울음은 원래 공사(公社)[1]에 상관치 않는다네.
관청 일이 전혀 없어 잠을 처음 깨고는
다만 시 구절 가지고 어린아이에게 가르치네.

天地龍鍾一病翁.　岸巾危坐小窓中.
黑雲暗淡葡萄雨,　紅霧霏微菡萏風.
燕語自能知主客,　蛙鳴元不管私公.
了無官事眠初覺,　只把詩聯課小童.

■

1. 진(晉)나라 혜제(惠帝)는 어리석은 바보였다. 한번은 궁궐 후원에서 개구리가 우는 소리를 듣고, "저 개구리가 공사(公事) 때문에 저렇게 우느냐? 아니면 사사로운 일 때문에 저렇게 우느냐?" 하고 물은 적이 있었다.

별장을 세우면서
諸富村別墅將開遣僮奴起功有作

중년부터 즐겨 말했건만 늙어서야 돌아가니
산속에 땅을 고른 곳이 자못 절로 기이해라.
어찌 움집을 지어 소로(邵老)[1]를 따르냐
별장을 경영하려면 왕유[2]를 본받아야지.
돌밭에 씨를 뿌려서라도 세금을 내야지
초가집에 재물을 보내줄 사람은 아무도 없네.
이웃을 정하며 여러 시골 늙은이들에게 말하노니
다음날 자리를 다투면서 나를 누구라고 하려나.

中年好道晚當歸.　卜地山中頗自奇.
豈有行窩追邵老,　當營別墅擬王維.
石田有種宜供稅,　草屋無人爲寄貲.
寄語卜隣諸野老,　他時爭席我爲誰.

■

1. 송나라의 유학자 소옹(邵雍)이 낙양에 살았는데, 안빈낙도(安貧樂道)의
생활로 이름났다. 그를 흔히 소강절 선생이라고 불렀다.
2. 당나라 시인 왕유의 별장이 망천(輞川)에 있었는데, 풍경이 아름답기로
이름났다. 그 풍경을 노래한 왕유의 시가 또한 널리 알려졌다.

부질없이
漫成

티끌 속을 말 타고 바삐 달리다가
하루 한가한 틈을 얻자 흥취가 또한 길어라.
아침술이 불과한데다 다시금 취하고 보니
낮바람이 소매에 불자 가을이 오는 듯해라.
남들이야 웃건 말건 두건을 벗어 머리를 흩트리고
종이를 찾아 시를 쓰며 미친 척 해보이네.
그래도 지난 날 관청일 마치고 떠나올 때에
관복이 땀에 절어 번진 것보다는 나아라.

紅塵騎馬十年忙.　一日偸閑趣亦長.
卯酒醺人聊復醉,　午風吹袖欲生涼.
脫巾散髮從人笑,　索紙題詩作意狂.
却勝前時衙罷去,　朝衫濕盡汗飜漿.

칠석날
七月七日

아득히 먼 은하수에 오작교가 통하니
하늘나라 신선들이 여기 함께 모였네.
소 먹이는 물가에 물결이 차가워지니 야삼경에 달이 떠오르고
봉새 베틀에 북이 싸늘해지자 오경에 바람이 부네.
거미줄로 바느질(문장) 솜씨 비는 거야 나와 상관없기에
학을 타고 신선세상 오르자 일은 벌써 끝났네.
뜰 앞에서 배를 쬐는 일도 해야 할 텐데
뗏목을 탄들 어느 길에서 장공에게[1] 물어보랴.

迢迢銀漢鵲橋通. 　天上神仙此會同.
牛渚波寒三夜月, 　鳳機梭冷五更風.
蛛絲乞巧吾無與, 　鶴駕登仙事已空.
曝腹庭前聊復爾, 　乘槎何路問張公.

■

1. 한나라 장건(張騫)이 뗏목을 타고 은하수로 가서 직녀를 만났는데, 직
녀가 그에게 돌 하나를 주었다. 그가 그 돌을 가지고 와서 엄군평에게 보
였더니, 그 돌은 직녀가 베틀을 괴었던 돌이라고 설명하였다.

아침에 앉아서
朝坐

작은 창문을 붙들고 앉아 오상(烏床)에 기대어 보니,
여윈 뼈대는 봉우리 같고 귀밑머리는 서릿발 같아라.
내 병이 많아 일찍부터 여러 가지 약을 두루 맛보았고,
추운 날씨를 겁내어 아직도 옷깃을 끌어당기기에 바빠라.
무를 가늘게 써니 푸른 나물이 연하고,
율무를 새로 끓이니 흰 죽이 향그러워라.
마음 놓고 잠자며 먹는 것이 세상만사 가운데 으뜸이거니,
어찌 구태여 제 몸을 괴롭혀 가며 양생(養生)하는 방법을 찾으
랴.

小窓扶坐倚烏床.　　瘦骨如峯鬒似霜.
多病已曾嘗藥遍,　　怯涼猶復攬衣忙.
蕪菁細切靑蔬軟,　　薏苡新炊白粥香.
萬事不如眠食穩,　　何須苦覓養生方.

과거 시험장에 새벽에 앉아서
試院曉坐

시험장은 어두컴컴해 날이 아직 밝지 않았는데
옥당의 학사들은 모두가 영웅호걸일세.
뜰 가운데 타는 촛불은 바다와 같고
문 밖에는 흰 도포 선비들이 구름 같아라.
북을 향하는 천리마, 그 누가 뛰어나려나
남을 꾀하는 봉새는 이미 깃을 쳤네.
임금께서 나에게 선계(仙桂)¹를 나눠주라 하시니
여러 선비들이여 힘을 다해 쓰시게.

試院深曉夜未朝,　玉堂學士盡英豪.
庭中似海燒紅燭,　門外如雲立白袍.
拱北驊騮誰俊逸,　圖南鵬鳥已扶搖.
天公許我分仙桂,　說與諸生箸力高.

■

1. 과거에 급제하는 것을 "계수나무를 꺾었다[折桂]"고 비유하였다. 이 시
에서는 서거정 자신이 시관(試官)이 되어 급제자를 고르게 되었다는 뜻이
다.

긴 여름
長夏

긴 여름 동산에 기와집이 나직한데다
관청 일마저 한가해 그윽한 곳에 사는 듯해라.
문 밖엔 손님이 드물어 새 그물을 칠 만하고
뜨락의 아이들은 닭싸움이 한창이네.
긴긴 낮 동안 거문고 울리며 옛 악보도 찾아보고
작은 창에서 종이를 찢어 새로 시도 써보네.
녹음이 갑자기 짙어져 문을 오래 가리면서
어여쁜 꾀꼬리를 붙들어 마음껏 울게 하네.

長夏深園瓦屋低.　官閑心跡似幽棲.
客稀門巷堪羅雀,　兒戲庭除政鬪鷄.
永日鳴琴尋舊譜,　小窓分紙寫新題.
綠陰驀地門長掩,　留與嬌鶯自在啼.

현욱 스님의 두루마리 시집에다
題玄旭上人詩卷

내 일찍이 동쪽 창가에 앉았더니
아침 해가 찾아와 비쳤었네.
그러나 그 밝은 빛을 잠시밖에 볼 수 없었지.
갑자기 해 기울어 어두워졌네.
창이 밝아졌다가 다시 어두워지니
이제 누가 하는 일인지 알 수가 없네.
스님이여 보시오 이 변화하는 모습을
종종상[1]도 또한 이와 같다오.
밝음과 어두움은 반드시 되돌아오니
그대의 조사에게 물어 보시게.

我嘗坐東窓,　旭日來臨之.
明光不容瞥,　忽此西飛暉.
窓明復窓暗,　不知誰所爲.
師看變化相,　種種亦如斯.
明暗當復還,　汝問汝祖師.

■

1. 세상의 온갖 사물을 가리키는데, 불교에서 쓰는 말이다.

큰 가뭄과 큰 비와 큰 바람이 잇달아

七月十九日夜始陰雲三更小雨自四更大風五更而止樹木
盡拔屋廬皆毀京城飛瓦積如山丘百草百穀太半枯損風變
之異近古所無今年自正月不雨至于四月赤地千里五月大
雨水患不可勝言六月又旱七月之初又暴雨至今日大風一
年之內大旱大雨大風災變重重天之譴告深矣是用悲傷作
詩以誌

큰 비는 그래도 견딜 만해라.
마른 땅이 그 이익을 입었으니.
큰 가뭄도 차라리 견딜 만해라
습한 땅이 그 은사를 받았으니
큰 바람만은 정말 말할 수 없네.
온갖 생물이 다 시들어 버렸네.
어쩌라고 한 해 만에
세 가지 재앙이 겹쳐 오는가
세 번이나 탄식하고 또 탄식하다가
이 일을 시로 써서 기록해보네.

大雨尙可言, 燥者蒙其利.
大旱尙可言, 濕者受其賜.
大風不可言, 百物盡憔悴.
如何一年內, 三災同荐至.
三嘆復三嘆. 是用詩以誌.

■

* 이 시의 원래 제목이 무척 길다. <칠월 십구일 밤에 날씨가 흐려지기 시작하더니, 삼경에 비가 조금 오고 사경에 큰 바람이 불다가 오경에야 그쳤다. 나무가 다 뽑히고 집들이 모두 무너져 서울 장안에 날린 기왓장이 산더미처럼 쌓이고, 온갖 풀과 곡식이 거반 말라 쓰러졌다. 풍재의 변이 고금에 없이 심하였다. 올해는 정월부터 비가 오지 않아 사월이 되면서는 천리가 메마른 땅이 되더니, 오월에 큰 비가 내려 수해가 이루 말할 수 없었다. 유월엔 또 가물더니 칠월 초엔 다시 폭우가 내리다가, 오늘은 큰 바람이 불었다. 한 해 동안에 큰 가뭄, 큰 비, 큰 바람으로 재변이 거듭되어 하늘의 경고가 참으로 깊었다. 이에 마음이 슬퍼져 시를 지어 기록한다.>

월영대
月影臺

월영대 앞에 달은 길게 있지만
월영대 위에 있던 사람은 이미 가버렸네.
고운이 고래를 타고 하늘로 올라갔으니
흰 구름만 아득하여 찾을 곳이 없구나.
고운이여, 고운이여, 그대는 참으로 유선(儒仙)이구려.
천하 사해에 명성을 전하였네.
고변¹ 막하에 문객들이 많았건만
〈토황소격문〉으로 재주를 뽐내었지.
고운(顧雲) 학사가² 헤어지면서 시를 짓되
"문장이 중화국을 감동시켰다"고 했지.
동쪽 나라로 돌아왔건만 시운이 기구하여
계림의 황엽은³ 추위에 시들어 떨어졌네.
영웅이 뜻을 잃었으니 이를 어찌하랴.
남은 생애를 사호와 짝하여 노닐었네.
가야산 속에서 여울에 숨었다가⁴
해운대에서 피리를 불며 난새를 타기도 했지.
강남의 산수를 우리 안에 두고 즐기니
강남의 풍월은 한가한 날이 없었네.
고운이 한번 간 뒤로 돌아오지 않으니
만고에 그대로 있는 건 오직 강산뿐일세.
지금 사람들이 부질없이 고운을 말하지만

그 몇 사람이나 고운의 무덤을 보았으랴.
날아 올라가서 상계의 신선이 된 뒤로
뽕나무 밭이 바다로 변해 천년이 지났네.
내 와서 술잔을 들어 서녘바람에 제사하며
고운을 불러다가 한번 웃고 싶어라.
나지막한 비석을 어루만지며 저녁노을 속에 섰노라니
고운은 오지 않고 부질없이 애만 끊어지네.

■

1. 최치원이 스물세 살 때 황소가 장안에서 난리를 일으키자, 당나라 조
정에서 고변을 제도행영병마도통(諸道行營兵馬都統)으로 임명하였다. 고변이
최치원을 자기의 종사관으로 임명하여 수많은 문서를 짓게 했는데, 그
가운데 <토황소격문>이 가장 유명하다.
2. 고운은 최치원과 같은 해에 급제한 당나라 친구인데, 최치원을 고변에
게 추천했으며, 최치원이 신라로 귀국할 때에 송별시를 지어 주었다.
3. 최치원이 말년에 새로 일어나는 고려 태조 왕건에게 "계림(서라벌)에는
잎이 누르고, 곡령(鵠嶺, 개성)에는 솔이 푸르다"는 축하편지를 써주었다고
한다.
4. 고국 신라에서도 소외된 최치원이 가야산에 숨어 살다가 신선이 되었
다고 한다.

月影臺前月長在，　　月影臺上人已去.
孤雲騎鯨飛上天，　　白雲渺渺尋無處.
孤雲孤雲眞儒仙，　　天下四海聲名傳.
高駢幕下客如織，　　才氣穎脫黃巢檄.
顧雲學士詩告別，　　文章感動中華國.
東還時運何崎嶇，　　鷄林黃葉寒颼颼.
英雄失志知何爲，　　永與綺皓相追隨.
伽倻山中藏鳴湍，　　海雲臺上騎笙鸞.
江南山水牢籠畢，　　江南風月無閑日.
一自孤雲去不還，　　萬古自如唯江山.
今人空自說孤雲，　　幾人得見孤雲墳.
飛昇已作上界仙，　　桑田滄海今千春.
我來擧酒酹西風，　　欲喚孤雲一笑同.
摩挲短碣立斜陽，　　孤雲不來空斷腸.

술에 취해서 부르는 노래
醉歌行

오리 다리는 왜 짧고 학의 다리는 왜 길까.
노래기 발은 왜 많고 기의 발은 왜 모자랄까.
사물의 이치가 원래 가지런하지 못하니
조물주의 솜씨가 장난 심해라.
긴 다리 잘라다 짧은 다리 보충해줄 재주가 내게는 없고
덜어주고 보태줄 계책도 내겐 없어라.
백이숙제는 굶어서 일찍 죽고 도척은 부유하게 오래 살았지.
진나라와 수나라는 갑자기 흥했지만 추나라와 노나라는 궁하
고 막혔지.
어진 자라고 반드시 오래 살지 못하고 덕 있는 자라고 벼슬을
얻지는 못했지.
악한 자라고 반드시 재앙을 받지는 않고 선한 자라고 복을 받
지는 못했지.
저 푸른 하늘이 말없이 위에 달려 있으니
내 어찌 한갓 구슬퍼만 하랴.
유백륜과 하계진을
예로부터 현달한 이들 가운데 으뜸으로 치건만,
그들은 술만 사랑하여 입에서 떼지 않고
세상만사를 모두 외물(外物)로만 여겼네.
부귀와 공명도 모두가 올무일 뿐이니
취향(醉鄉)에 났다가 죽으면 모든 일이 끝난다네.

그대는 보지 못했나, 사가노인(四佳老人)의 성품이
본래 어리석어서
시비와 선악을 도무지 구별하지 못한다네.
술이 있으면 마시고, 없으면 사 오지.
날마다 취해서 웅얼거리니 두 귀가 뜨거워라.
귀밑머리는 어쩌다가 눈처럼 희어졌나.

鳧何若短鶴何長, 蚿何有餘蘷不足.
物理由來自不齊, 天工天工多戲劇.
折長補短我無術, 損之益之我無策.
夷齊餓夭兮盜跖壽富, 秦隋暴興兮鄒魯窮阨.
仁未必壽德未位, 淫未必禍善未福.
老蒼默默懸在上, 我胡爲乎徒惻惻.
劉伯倫賀季眞, 古來賢達推第一.
但愛醇醪不離口, 世間萬事皆外物.
功名富貴皆筌蹄, 生死醉鄉能事畢.
君不見四佳老人性本愚, 是非善惡都不別.
有酒則飮無則沽, 日醉鳴鳴雙耳熱, 兩鬢胡爲白如雪.

순나물 노래
蓴菜歌

순나물이 남쪽 나라에 나니
들판의 늙은이가 부지런히 뜯었네.
가져다가 내게 주니
빛과 맛이 모두가 특이해라.
미끄럽고도 자디잔데다
실보다 가볍고 우락(牛酪)보다 윤기 있네.
내가 본래 나물만 먹은 체질이라서
평생토록 담박한 것만 좋아했기에,
이 나물이 내 식성에 맞아
내가 몹시도 사랑했네.
어떨 때는 날로 먹고 어떨 때는 국을 끓여서
간을 잘 맞추니 후추냄새가 향그러워라.
금제와 죽순을 따져서 무엇하랴
그 맛이 기이해서 오후청(五侯鯖)도 부럽지 않아라.
강남의 산수는 날씨가 일러서
삼월이나 사월에도 얻어올 수가 있네.
지금은 유월이라 더욱 연하고 맛 좋으니
가을바람 불기 전에 돌아가도 좋으리라.
이 늙은이 늘그막에 구업(口業)이 더하여
강남을 바라보면서도 돌아가지는 못하네.
돌아가지 못하니 어찌해야 좋으랴

흰 머리로 언제나 장계응에게[1] 부끄러워라.

蓴菜生南國, 野老勤採得.
持以贈故人, 色味俱絶特.
滑復滑細復細, 輕於絲潤於酪.
我本藜藿腸, 平生嗜淡薄.
物性與我合, 所以愛之酷.
或以爲膾或爲羹, 塩豉始和椒桂馨.
金虀玉糝何足論, 異味不羨五侯鯖.
江南山水天氣早, 三月四月亦堪討.
至今六月老軟美, 不待秋風歸去好.
老夫晚年口業增, 悵望江南歸不能.
歸不能可如何, 頭白長愧張季鷹.

■

1. 강동보병으로 이름난 장한의 자가 계응인데, 순나물 국과 농어회가 먹고 싶어서 벼슬을 버리고 고향으로 돌아갔다.

제 3 부

문집 밖에서 전해지는 시들

바다를 바라보면서
望海吟

아득한 하늘과 땅은 무엇을 의지하고
넓디넓은 강물과 바다는 어디로 돌아가나.
사람이 그 사이에 태어났으니 태창[1]의 좁쌀 같아라.
어찌 바다 끝까지 다 찾아볼 수 있으랴.
내가 물고기와 용에게 명하여 내 시중을 들게 하면서
위로는 은하수까지 아래로는 미려까지[2] 다 찾아보았네.
창해가 깊다고 말한다면
정위가[3] 모래로 메울 마음이 없어질 테고,
창해가 장구한다고 말한다면
변하여 뽕밭이[4] 되지도 않을 테지.
평생토록 저 바다 팔구분쯤을 가슴속에 삼키다가[5]
오늘 와서 내려다보니 참으로 술잔만 하구나.
내 어찌 삼만 자 되는 긴 낚싯대가 없으랴.
그것으로 태산만큼 큰 자라를 낚으리라.
가늘게 저며 회를 치고 구워서 산적을 만들어
인간세상 만 사람의 배를 다 부르게 하리라.
아아, 이 뜻이 너무 커서 쓸데가 없네.
나루를 물으려[6] 해도 남북을 모르겠네.
성인 공자께서는 무슨 일로 뗏목을 타려 하셨나.[7]
하늘과 땅 사이에 이 가을날 혼자 서서 큰 소리로 노래를 부르네.

天地茫茫何所依,　河海洋洋何所歸.
人生其閒大倉稊,　安得討索窮端倪.
我命魚龍來媵予,　上尋銀漢下尾閭.
若言滄海深,　精衛必無塡沙心.
若言滄海長,　變化必不爲田桑.
平生八九吞胸中,　今日俯瞰眞杯同.
豈無長竿三萬尺,　釣得巨鼇大如嶽.
細斫爲膾燒爲炙,　飫得人間萬人腹.
嗚呼此意竟濩落,　滔滔問津迷南北.
孔聖何事欲乘桴,　至今千載思悠悠.
浩歌獨立天地秋.

■

1. 나라의 곡식을 쌓은 창고인데, 가장 넓고도 크다.
2. 바다 가운데 미려라고 하는 구멍이 있는데, 물이 아무리 들어가도 다
빠지게 되어 있다.
3. 염제(炎帝)의 딸이 바다에 빠져 죽었는데, 그 혼이 정위라는 새가 되었
다. 정위는 나무와 돌을 입으로 물어다가 바다를 메우려 하였다.
4. 노조린(盧照隣)의 시에 '상전벽해수유개(桑田碧海須臾改)'라는 구절이 있
다. 뽕나무 밭이 푸른 바다가 되고 푸른 바다가 뽕나무 밭이 되듯이, 세
상일이 덧없이 바뀌어 감을 비유하는 말이다.
5. 가슴속에 초나라의 큰 못인 운몽(雲夢)을 팔구분쯤 삼킨다는 말이 있
다. 기개가 장하고 가슴속이 넓다는 말인데, 이 시에서는 바다에다 인용
하였다.

■

6. 은자(隱者)인 장저(長沮)와 걸닉(桀溺)이 나란히 서서 밭을 갈고 있었는데, 공자가 그곳을 지나가다가 자로(子路)를 시켜서 그들에게 나루터가 있는 곳을 물어보게 하였다. 장저가 "저 수레의 말고삐를 잡고 있는 사람이 누구요?"라고 물었다. 자로가 "공자올시다"라고 대답하자, "그가 노나라의 공구(孔丘)요?"라고 되물었다. 자로가 다시 그렇다고 대답하자, "그는 나루터 있는 곳을 알고 있소"라고 장저가 대답하였다. -『논어』제18「미자(微子)」올바른 길을 물어본다는 뜻이다.

7. 공자가 "도가 행하여지지 않으면, 뗏목을 타고 바다로 떠나겠다. 그때에도 나를 따라올 사람은 유(由)일 게다"라고 말하였다.-『논어』제5「공야장(公冶長)」

위정자가 공자의 이론을 받아들여 그것에 의한 정치를 하면, 공자의 도가 행해지는 것이다. 뗏목을 타고 바다로 떠나가겠다는 말은 자기의 이상이 실현되지 못하여 실망하고 은둔하여 버리는 사태를 가정해서 한 것이다.

흰 수염
白鬚

지난해엔 흰 수염이 절반이더니
올해엔 수염이 모두 세어 버렸네.
무슨 일로 이렇게 세어졌는가 물었더니만
시 짓느라고 앉아서 수염을 잡아당기기 때문이라네.

去歲白鬚雪半粘. 今年鬚上十分添.
問鬚何事白如許, 日坐吟詩苦撚鬚.

부록

四佳
徐居正

중세적 질서에 가장 충실했던 사람의 시

1.

때로 사람의 생애는 그가 살다간 궤적과는 엉뚱하게
왜곡되기도 한다. 성실하게 시대의 삶에 충실했음에도
曲學阿世한 사람으로 평가되는가 하면 보기에 따라 부랑아
비슷한 사람이 문제의식에 충일했던 사람으로 평가된다.
세상 사람들의 판단이란 그렇게 허랑한 데가 있는 법이다.
아마도 徐居正은 같은 시대의 인물 金時習과 비교하여 늘
피해를 보는 쪽에서 평가를 받았던 인물이 아닌가 한다.
서거정은 시대의 이데올로기를 가장 충실히 실천했던
사람이다. 오랫동안 그 시대 이념의 창출자로서 소임을
다했고 나아가 한 시대를 문헌으로 정리하는 일에 누구보다
열성적이었다. 文衡이라는 당대 최고의 자리에서 사람을
골라냈는가 하면 그의 손을 거쳐 나온 『동문선』, 『동국통감』,
『신증동국여지승람』과 같은 책은 문학, 역사, 인문지리에서 한
시대를 정리하는 일련의 대사업이었다. 게다가 스스로
밝혔듯이 평생에 쓴 시가 일만 수가 넘을 만큼 시에 뛰어났지만
그에 대한 사람들의 눈길은 곱지만은 않다.
바로 御用이라는 차원으로 내려 보면서 애써 그 의미를
낮춰 보고 있는 것이다.
咸錫憲이 서거정을 바라보는 눈도 여기에 별다를 바 아니다.
그의 잘 알려진 글 <들사람얼>에는 서거정과 김시습에 얽힌
이야기가 소개된다. 기실 이율곡이 쓴 「김시습전」을

바탕으로 쓰여진 이 글에서 함석헌은 그가 정한
판단기준으로 서거정을 문명인의 대열에 올려놓지만 그것이
좋은 뜻으로 붙여준 것이 결코 아니다. 시대의 흐름에 적당히
안주하여 자신의 안위를 도모한 인물로 볼 뿐이다.
문제의 「김시습전」에는 이런 대목이 나온다.

> 서거정이 조정에 나가는 길이었다. 모든 사람이 길을
> 비켜주는데 홀로 김시습이 나타났다. 그는 남루한 옷을 입고
> 새끼줄로 허리띠를 차고 천민의 모자를 쓰고 길을 인도하는
> 아랫사람들을 밀치고 들어왔다. 고개를 뻣뻣이 든 김시습은
> "강중, 편안한가?"라고 소리쳤다. 서거정은 웃으며
> 대답하였다. 초헌을 세우고 그와 더불어 이야기하니 도리어
> 놀란 것은 길거리의 사람들이었다.
> 이때 김시습에게 수모를 당했던 조정의 선비가 견디지 못하고
> 그 죄를 엄히 문초할 것을 서거정에게 진언하였다. 그러나
> 서거정은 머리를 가로 저으며 말하였다.
> "그만 둡시다. 미친 사람과 어찌 꼬치꼬치 따지겠소."
> 그리고 말을 이어,
> "만약 이 사람에게 죄를 준다면 백대 후에 반드시 그대의 이름에 누
> 가 될 것이오."

이율곡이 이 사실을 바라보는 눈길은 엄정하다. 물론
김시습의 전기를 쓰노라고 꺼낸 일화이므로 그의 호탕함을
드러내는 데 초점이 맞추어 있지만 그런대로 서거정의 응대를
양반다운 체통을 잃지 않은 쪽으로 그리고 있다. 서거정의
도량과 역사적 안목을 읽을 수 있는 것이다. 그러나 함석헌은
어디에 얽매이지 않고 자유스럽게 살아간 김시습의 생애를

한껏 치켜 올리면서 시대의 이념에 충실했던 서거정을 비꼬고
있다. 그래서 김시습이 서거정에게 준 다음과 같은 시도
인용한다.

　風雨蕭蕭拂釣磯　비바람 쓸쓸이 옷깃 날리는 낚시터
　渭川魚鳥識忘機　위천의 물고기와 새가 세상을 잊게 했네.
　如何老作鷹揚將　어지라 늘그막에 장수로 떨쳐나
　空使夷齊餓採薇　한갓 백이숙제를 굶어죽게 했는가.

서거정이 呂尙의 고기 낚는 그림을 보내 시를 청하자 지은
것이다. 여상이 정치적으로 협조한 반면 백이숙제가
수양산에 들어가 굶어죽은 일을 서거정과 자신에 비유한
것이다. 이 시를 보고 서거정이 아무 말도 못했다는
사실을 함석헌은 고소하게 적고 있다.
이렇듯 서거정에 대한 일반의 평가는 긍정적이지만은 않다.
흔히 강자에게 보내는 질투심 같은 것일 수도 있는 이런
평가가 도리어 그의 진면목을 바로 보지 못하게 하는 요인이
되는 것도 사실이다.

2.
그렇다면 서거정의 생애가 어떻길래 그 평가가 이렇듯
치우치게 되는가. 우선 그의 연보를 통해 생애를 알아본다.
서거정(1420~1488)의 본관은 達城, 자는 剛中, 호는 四佳라
했다. 증조부는 호조전서 義이고, 아버지는 목사 彌性이며,
어머니는 權近의 딸이다. 崔恒이 그의 자형이며, 趙須, 柳方善 등

에게 배웠다. 그 학문이 매우 넓어서 천문, 지리, 의약, 복서, 성
명, 풍수에까지 관통하였으며, 문장에 일가를 이루고 특히 시에
능하였다.

1438년(세종 20) 생원, 진시 양시에 합격하였고, 1444년
식년문과에 을과로 급제하여 사재감 직장에 제수되었다. 그 뒤
집현전 박사, 경연사경이 되었고, 1447년 부수찬으로 승진하였으
며, 1451년(문종 1) 부교리에 올랐다.

다음해 수양대군을 따라 명나라에 종사관으로 다녀왔으며,
1445년(세조 즉위년) 世子右弼善이 되고, 1456년 집현전이 혁파되
자 成均司藝로 옮겼다. 일찍이 조맹부의 「적벽부」
글자를 모아서 칠언절구 16수를 지었는데 매우 청려하여
세조가 이를 보고 감탄하였다.

1457년 문과 중시에 병과로 급제하여 우사간 지제교에
초수되었다. 1458년 庭試에서 우등하여 공조참의 지제교에
올랐다가 곧이어 예조참의로 옮겼다. 세조의 명으로
『五行總括』을 지었다. 1460년 이조참의로 옮기고, 사은사로서
중국에 갔을 때 통주관에서 안남사신을 만나 詩才를 겨루어
탄복을 받았으며 요동인 丘製는 그의 초고를 보고
감탄하였다. 1465년에 예문관 제학, 중추부 동지사를 거쳐
다음해 拔英試에 합격하여 예조참판이 되고 이어 登俊試에
3등으로 합격하여 행동지중추부사에 특가되었으며
『경국대전』 찬수에 참가하였다.

1467년 형조판서로서 예문관 대제학, 성균관 지사를 겸하여
文衡을 관장하였으며 국가의 典冊과 詞命이 모두 그의 손에서
나왔다. 서거정의 화려한 공직생활은 이로부터 꽃을 피운다.
곧 조선시대의 문형이란 본인과 집안의 특별한 영예가

되는데, 과거시험을 관장하는 이 직책에 있음으로 해서 한 시대의 문권과 권력의 헤게모니를 잡게 되기 때문이다. 문장이 곧 經國이었던 풍속도라 하겠다.

1470년(성종 1) 좌참찬이 되었고 1471년 달성군에 봉해졌다. 1476년 원접사가 되어 중국사신을 맞이하였는데, 수창을 잘하여 기재라는 칭송을 받았다. 이 해 우찬성에 오르고 『삼국사절요』를 공편하였으며, 1477년 달성군에 다시 봉해지고 도총관을 겸하였다. 다음 해 대제학을 겸하였고 곧이어 한성부 관윤에 제수되었다. 이 해 『동문선』 130권을 신찬하였다.

1479년 이조판서가 되어 송나라 제도에 의거하여 문과의 관시, 한성시, 향시에서 일곱 번 합격한 자를 서용하는 법을 세웠다. 1480년, 『역대연표』를 찬진하였다. 1481년 『신증동국여지승람』 50권을 찬진하고 병조판서가 되었으며 1483년 좌찬성에 제수되었다. 1485년 世子貳師를 겸하였으며 이 해 『동국통감』 57권을 완성하여 바쳤다. 1486년 『필원잡기』를 저술하여 사관의 결락을 보충하였다.

이와 같은 서거정의 생애를 요약하여 보자. 그는 여섯 왕을 섬겨 45년간 조정에 봉사하면서 23년간 문형을 관장하고, 23차에 걸쳐 과거시험을 관장하여 많은 인재를 뽑았다. 앞서 소개한 저술 이외에도 개인문집으로 『四佳集』이 전하며, 『東人詩話』, 『太平閑話滑稽傳』 등을 남기기도 하였다. 한영우 교수는 서거정의 생애를 이렇게 말한다.

"그의 학풍과 사상은 이른바 15세기 관학의 분위기를 대변하는 동시에 정치적으로는 훈신의 입장을 반영하였다.

그의 한문학에 대한 입장은 『동문선』에 잘 나타나 있는데 그는 우리
나라 한문의 독자성을 내세우면서 우리나라 역대 한문학의 정수를
모은 『동문선』을 편찬하였으며 그의 한문학
자체가 그러한 입장에서 형성되어 자기 개성을 뚜렷이 가졌던
것이다. (중략) 『삼국사절요』의 서문에서는 고구려, 백제, 신라 삼국
의 세력이 서로 대등하다는 이른바 삼국균적을 내세우고 있다. 『신증
동국여지승람』의 서문에서는 우리나라가 단군이 筆國하고
箕子가 受封한 이래로 삼국, 고려시대에 넓은 강역을
차지하였음을 자랑하고 있다. (중략) 그가 주동하여
편찬된 사서, 지리지, 문학서 등은 전반적으로 왕명에 의해서
士林人士의의 참여하에 개찬되었다. 그런데 그가 많은 문화적 업적을
남겼으면서도 성종이나 사람들과 전적으로 투합된
인물은 아니었던 것으로 생각된다."

결국 훈구의 대표적인 인사로 서거정은 새로이 떠오르는
사림과는 이념적으로 배치될 수밖에 없는 운명을 가지고
있었다. 그는 훈구파의 정점이자 마지막 인사였는지도 모른다.
훈구의 자리에서 그 위치를 고수한 데는 자신의 명예욕만이
아닌 자기 세력을 보호하자는 계산도 있었을 터이다. 이런
그의 위치가 당시부터 오늘날까지 서거정의 개인사를
곡해하게 만드는 주요인이 아닌가 한다. 곧, 서거정은 당대에
매우 큰 역할을 했음이 분명하지만 이런 자리를 지키자니
자신의 개성은 전체성 속에서 함몰되고 말았다.
더욱이 그 자신이 이런 역할을 싫어하지 않았다는 데서
세간의 입방아는 시작된다.
이수광이 지은 『芝峯類說』에는 이런 대목이 있다.

서거정은 26년이나 오래도록 문형을 잡았다. 그래서 김종직, 강희맹, 이승소 등이 모두 제자리를 잡지 못했다. 그때 말하던 사람들은 "공이 너무 오래 文衡을 잡고 있다"고 하였다. 공이 이 말을 듣고는, "나를 바꾸자면 누가 이 임무를 감당하겠느냐?"고 물었다. 또는 말하기를 "공과 김종직, 강희맹이 서로 친하게 지내지 않았으므로 衣鉢이 두 분에게로 돌아가는 것을 두려워했다. 그러므로 바꾸려하지 않은 것이다"고 했는데 믿어야 할 얘기인지는 모르겠다.

3.

이제 허경진 교수의 『徐居正詩選』을 통하여 소개되는 시를 살펴보는 것으로 논의를 집약해 보자. 평생 일만여 수가 넘는 시를 썼다는 시에서도 그의 이념은 잘 드러난다. 『동문선』을 편찬한 그는 시문을 하늘의 문, 땅의 글, 사람의 글이라는 전형적인 동양의 三才思想을 바탕으로 나눈다. 또 그 하는 일에 따라 글은 쓰여진다는 생각에 성인의 글, 임금의 글, 임금의 명에 의하여 신하가 지은 글로 나눈다. 시 또한 벼슬하는 신하의 시, 벼슬을 하지 않고 초야에 묻혀 사는 신하가 지은 시, 스님의 시로 나눈다. 이렇게 나누어 놓은 사실에서 그의 기본적인 文觀을 알 수 있다.

서거정은, 이종건 교수의 지적대로, 웅장하고 넉넉하고 풍족하며 화려한 시를 높이 평가하였다. 이 교수는 이에 다음과 같이 덧붙인다. "이는 文運과 詩運이 같다고 보아서이며, 시운을 통하여 글의 운세를 짐작할 수 있다는 신념에서 비롯되었고, 모름지기 풍족한 여유 있는 삶에서 우러난 글을 높이 보는 평가기준에서 빚어졌다."

서거정은 이렇게 말한다.

> "시는 뜻을 말하는 것이요, 뜻은 마음이 가는 바이다.
> 그러므로 그 시를 읽으면 그 사람을 알 수 있다. 대개 높은
> 벼슬하는 이의 시는 기상이 호탕하고 가멸차며, 벼슬하지 못한
> 선비의 시는 정신과 기상이 맑디맑고, 스님의 시는 정신은
> 메마르고 기상이 궁핍하다. 옛날에 시를 잘 보는 이는 이에
> 분류하여 보았다."

채소와 죽순을 주식으로 하는 스님들이기에 시도 메마르지
않느냐는 어쩌면 소박한 체질론적 詩觀은 오늘날 우리에게는
어수룩해 보이기까지 하지만 朱子와 그의 시론에 경도되어
있었던 훈구대신으로서 서거정에게서 당연히 나올
소리이기도 하다. 서거정은 남의 시를 볼 때도 그렇거니와
자신도 그러한 입장에서 시를 쓰려고 노력하였다. 그 자리가
사람의 성품을 좌우할 것이라는 생각은 그의 스승인
유방선의 문집에 서문을 쓰면서도 그대로 드러난다. 가령
"선생으로 하여금 높은 벼슬에 오르게 하여 시 짓는 반열에
서서 나라의 흥성을 올리게 하였다면 품위 있고 가멸차고
화려하여 아름다운 울림소리가 나는 작품이 되었을 것이오.
어찌 다만 이에 머물겠느냐"고 아쉬워하였다.
서거정의 이러한 생각은 그의 시를 유교적 교조주의에 빠지게
하였다. 곧 그는 시를 가르침의 바탕으로 생각했다는 것이다.
『동문선』을 편찬한 목적으로 이러한 사실은 잘 드러나지만
그의 시문관은 "이 글의 이치가 참되고 발라서 교화하고
다스리는 데에 보탬이 되는 것을 취하였다"고 말한 서문에서
더 설명이 필요하지 않을 정도로 분명히 천명된다.

친조카를 폐위시키면서까지 정치일선에 나섰던 세조는 여러
사람을 궁지에 몰아넣었다. 서거정은 어디까지나 정권의 편에
서서 자신의 입장을 정리했는데, 이 또한 알고 보면 그가 지닌
교조적 입장의 반영으로 보인다. 朴彭年이 은근히 그의 마음을
떠보았을 때 '새벽 추위에 겁이 질린 모습'으로 '대숲에 반 넘어
남아 있는 눈'을 걱정하며 살짝 피해간다. 그것이
난세를 벗어나는 현명한 태도라고 생각했는지도 모른다.
그러나 그런 위기를 극복하고 난 다음 서거정은 흔들림 없는
양반 사대부로서의 모습을 견지하려 했다. 한시에서 가장
높은 격조로 여기는 침잠과 관조의 경지가 여기서 돋보인다.
서거정은 시를 짓는 상황을 이렇게 고백한다.

"내가 병중에 한적하게 있을 때 술을 마실 수도 없고, 눈이
어두워 또 책을 읽을 수도 없어서 종일 단정히 앉아 홀로 읊되
읊조릴 뿐이었다. 종이에 적어놓지 않은 것이 절반이었다.
하루에 짓는 것이 3, 4수요 혹 6, 7수 또 10수를 넘기도
하였으나, 내 실력을 발휘할 수 없어 안타깝게 여기는 것은
아니었고, 이것으로 기분을 풀 수 없는 것도 아니었다. 또한
시가 다급하게 지어져서 거짓으로 꾸며지지 않았으니, 후세에 전할
것이 못됨을 알지만 오직 한두 구절은 후세에 전할 만하다 여긴다."

매우 겸손한 듯 쓰고 있지만 시에 대한 자신감과 누구 못지않은
多作을 은근히 내세우고 있다. 그러면서 '단정히 앉아 홀로 읊조
릴 뿐'이라거나 '다급하게 지어져서 거짓으로
꾸며지지 않았다'는 말에서 그가 침잠과 관조로 자신의
시세계를 이끌어 갔음을 말한다. <國花不開帳然有作>이란
제목의 시를 보자.

佳菊今年開較遲

    아름다운 국화꽃이 올해에는 다른 해보다 더디게 피어

一秋情興謾東籬

    한가을의 정과 흥취가 동쪽 울타리에 부질없네.

西風大是無情思

    서녘 바람은 크다보니 정다운 생각이 없어

不入黃花入鬢絲

    노란 국화꽃에는 들지 않고 실 같은 구레나룻 사이로만 들
어 오네.

국화가 늦게 피는 금년 가을은 시인에게 삽상한 마음을 갖게
한다. 때에 따라서는 꽃이 늦게 필 수도 있지만 이 시에서는
여느 가을의 국화를 바라보는 마음과 다르다. 그 모습이 다소
처연해 보이기까지 한다. 그러나 그는 호들갑스럽지 않게
자신의 감정을 우회적으로 표현해 낸다. 가을바람이
국화꽃을 누렇게 하지 않고 제 귀밑머리를 도리어 하얗게
만드는 심통을 바라보면서도 시인은 끝까지 자신의 감정을
그대로 드러내지 않고 관조하고 있는 것이다.
물론 옛 분들의 시에서 관조와 침잠이 보이지 않는 경우란
드물다. 그것이 선비로서 써야 하는 시의 전형적인
모습이기에 그대로 훈련 받고 실천하였다. 그러나 서거정의
경우에서 이것이 더욱 두드러져 보임은 그의 생애가 여기에
가깝기 때문이리라.
한편 논자에 따라서는, 서거정이 그의 『동인시화』에서 李穡의
<貞觀吟>을 "호탕하고 건실하며 통쾌하고 장하다", 李齊賢의
<黃土店>을 "그 충성스럽고 분하며 격한 마음은 두보라 할지라

도 이보다 더 아름답지는 못할 것이다"라고 평한 사실을
두고 그의 자주적 정신이 드러나는 바라 하였는데 여기에는
약간 재론의 여지가 있다. 두 사람 모두 고려 말의 우국지사요
험난한 정국을 슬기롭게 이끌어 갔었다. 그때가 우리 역사에서
비로소 민족의 자주성이 꽃피우던 시점이었으니 서거정의
이러한 평가는 온당한 관점이면서도 단정적으로 강조하기에는
부족하지 않나 싶다.

물론 서거정은 이러한 사실을 기리고 싶었을 것이고 자신
또한 그러한 시인이요 정치가로 기록되고 싶은 마음이었는지
모른다. 『동문선』을 편찬하여 우리 시를 정리하고는 "우리
나라의 시와 글은 중국의 그것과 달라 이를 모아 전해서 세상
다스리는 교훈의 본으로 삼자"했고, <三田渡>와 같은
작품으로 스스로 실천해 보이기도 하였다.

4.

김시습과의 껄끄러운 사이는 후세 사람들의 입방아에 자주
오르내렸다. 그러나 사람들은 대체로 불우한 생애를 살다간
김시습 쪽에 더 후한 마음씨를 썼다. 서거정은 현실에 안주한
어용정치인 정도로만 여기는 것이다.

그러나 실제 두 사람의 관계는 밀접하고 친하였다. 여러
기록을 살펴보면 둘 사이에 수창한 시들도 매우 많고,
김시습은 서거정에 대하여 제 나름대로 예우를 다하고 있다.
처지가 더 유복하였기에 물질적인 측면에서는 서거정이 늘
베푸는 입장이었고, 김시습은 이것을 은근히 이용하기도 했다.
그러나 끝내 두 사람이 한자리에 설 수 없었음을 분명하다.

인간적인 정으로는 극복하기 어려운 서로의 노선이 너무도
분명했기 때문이다.
　두 사람의 이러한 관계와 세상 사람들의 평을 이종건 교수는
이렇게 정리한다.

　"서거정보다는 김시습이 土林의 우호를 받았다. 그래서
　서거정과 김시습에 얽힌 일화는 김시습의 인간적 우위를
　증명하는 자료로 동원되었다. 그러나 한편 생각하면 李珥의
　말은 서거정의 원만한 인품을 대변해 주기도 한다. 이는
　둘 사이의 갈등과 대립을 지적하는 일화라기보다는 화해와
　조화의 이상을 바라는 의미를 내재시켰다고 볼 수 있다.
　서로 입장은 달랐지만 그들이 추구하는 목적은 일치하였다고 본다.
　나라를 위한 목적은 같았으나 그것을 실천하는 방식이
　서로 달랐다."

서거정의 '원만한 인품'은 결국 그를 오랜 기간 체제를
수호하는 자리에 앉게 했다. 누구든 책임 있는 자리에서
전반적인 일을 해야 할 운명을 떠맡게 된다. 그런 자리에
있을 때 전횡하지 않고 공정하게 일을 처리해 나갔다면
그것으로 후세의 평가는 충분하다. 서거정이 어떤
마음가짐으로 그의 일생을 살아나갔는가는 〈獨坐〉라는 시에
잘 나타난다.

　獨坐無來客　찾아오는 손님도 없이 혼자 앉았노라니
　空庭雨氣昏　빈 뜨락에는 비 기운만 어둑어둑해라.
　魚搖荷葉動　고기가 건드려 연잎이 움직이고
　鵲踏樹梢飜　까치가 밟아서 나무 끝이 흔들리네.

琴潤絃猶響　거문고가 그쳐도 줄에는 아직 소리가 남았고
爐寒火尚存　화로가 차가워졌지만 불은 그대로 남아 있네.
泥途妨出入　진흙탕 길이 드나드는 발걸음을 막으니
終日可關門　오늘은 하루 종일 문을 닫는 게 좋겠네.

그의 분주한 일생으로 볼 때 서거정에게도 이런 시기가
있었는가 싶을 정도이기는 하지만 전통적인 선비로서 지켜야
할 전형적인 처세와 世緣에 얽매이지는 않겠다는 의지를
읽어볼 수 있는 시이다. '홀로 앉아 있다'라든지 '아무 손님이 없
다'는 시의 배경에서 한가롭다 못해 쓸쓸함마저 느끼게
한다. 여기서 오히려 자연의 소리를 듣고, 그것을 완성하는
시인의 마음상태는 평안하기만 하다. 더욱이 1, 2행의
정적인 표현에 3, 4행의 동적인 겹침은 절묘한 맛을 느끼게
한다. 인간의 속됨을 완전히 끊고 자연과 완벽하게 하나가
된 시인의 눈과 귀에는 가야금 소리와 화롯불도 다시금
느껴진다. 그러기에 진흙탕 길이 막거든 온종일이라도
문을 닫고 출입을 하지 않아도 무관한 법이다.
서거정은 그의 생애를 중세적 질서에 합당하게 모범적으로
살아간 사람이다. 그것이 운명적으로 그에게 주어진
삶이었으면서 스스로 택해서 걸어간 길이기도 하였다.
그러기에 오늘날 사람들이 그의 시에 매력을 느끼지
않는지 모른다.

- 고운기(詩人, 文學博士)

[原詩題目 찾아보기]

이 책을 옮긴 **허경진**은

1974년 연세대학교 국문과를 졸업하고,
1984년 같은 대학원에서 박사학위를 받았다.
목원대학교 국어교육과 교수를 거쳐
연세대학교 교수를 역임했다.
주요 저서로『조선위항문학사』,『대전지역 누정문학연구』
『넓고 아득한 우주에 큰 사람이 산다』,『허균평전』등이 있고
역서로는『다산 정약용 산문집』,『연암 박지원 소설집』,
『매천야록』,『서유견문』,『삼국유사』,『택리지』,
『한국역대한시시화』,『허균의 시화』가 있다.

韓國의 漢詩 · 21
四佳 徐居正 詩選
─────────────────────────────

옮긴이 · 허경진
펴낸이 · 이정옥
펴낸곳 · **평민사**
1994년 10월 29일   초판 1쇄 발행
2020년   5월 30일   2판 1쇄 발행
주소 · 서울시 은평구 수색로 340, 동일빌딩 202호
전화 · 375-8571(영업)
팩시 · 375-8573
E-mail · pyung1976@naver.com
등록번호 · 제25100-2015-000102호
─────────────────────────────

값 12,000원